W0289342

PERFECT CRIME

1

Story | Arata Miyatsuki
Art | Yuya Kanzaki

PERFECT CRIME 1

Contents

Questa storia è un'opera di finzione. Ogni riferimento a fatti e persone realmente esistenti è puramente casuale.

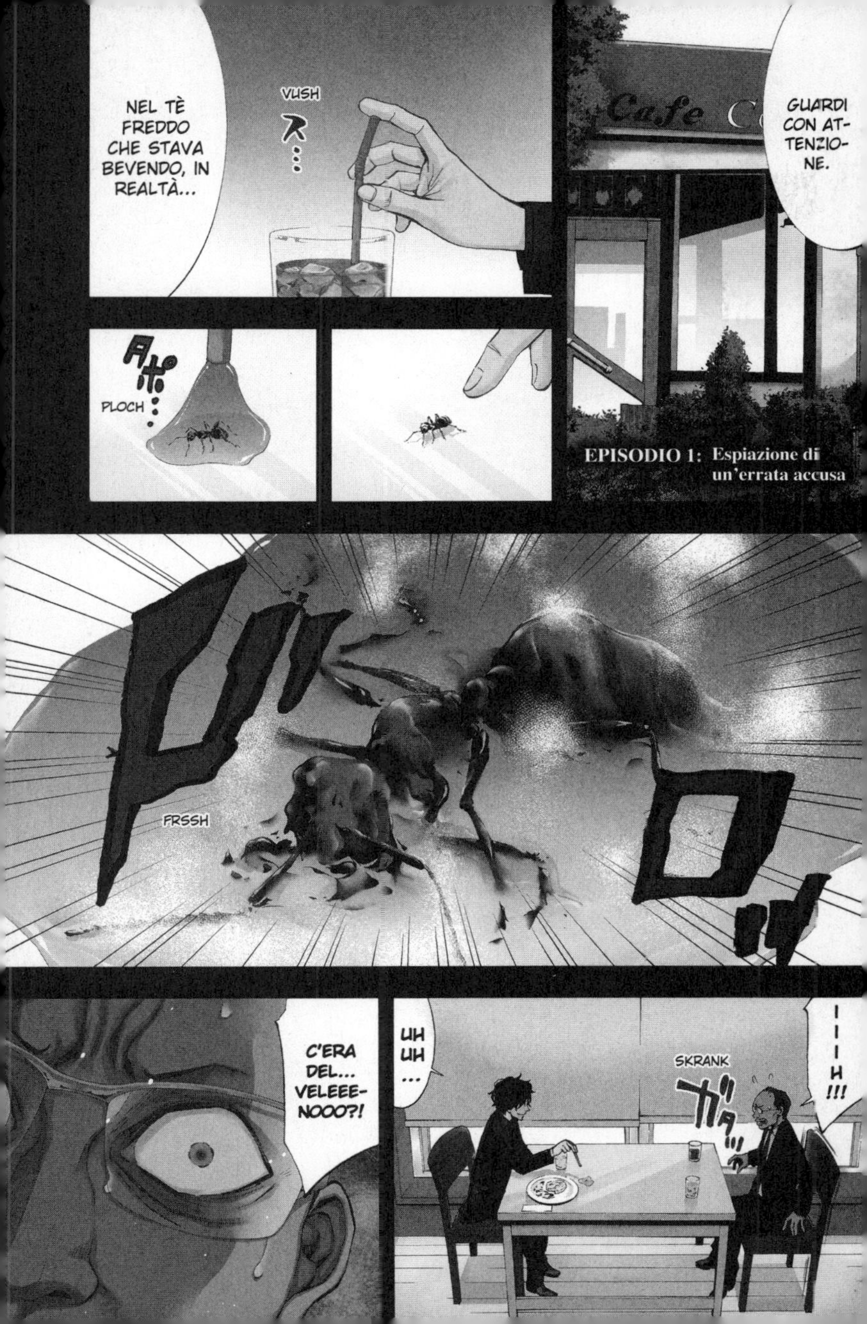
GUARDI CON ATTENZIONE.
EPISODIO 1: Espiazione di un'errata accusa
NEL TÈ FREDDO CHE STAVA BEVENDO, IN REALTÀ...
VUSH
PLOCH
FRSSH
IIIH!!!
SKRANK
UH UH...
C'ERA DEL... VELEEENOOO?!

EPISODIO 1: Espiazione di un'errata accusa

PERFECT CRIME

MA CHE ...?!
MA-LE-DET ...
UNA REAZIONE AGGRES-SIVA INVECE CHE DI STUPORE, RIVELA LA SUA TENDENZA A MINAC-CIARE.
KTANK
FRZZ
FRZZ
UH ...
NGH ...?!
SA, CI SI FA PARECCHI NEMICI CON L'USURA.
UEGH ...
OEH ...
NGH ...!
COUGH
MPFH
MMH!
QUESTA TORTA È UNA VERA DELIZIA!
GNAM
GNAM
NON SI PREOC-CUPI.
ANCHE LA SUA MORTE SARA DOLCE.

ADDIO.
SLURP
RATTLE
!!!
RATTLE
BONK!

SIGNORE, STA BENE?!
KYAAAAH!!!
EHI, QUEST'UOMO NON RESPIRA PIÙ!
UN'AMBULANZA, PRESTO! CHE QUALCUNO CHIAMI SUBITO I SOCCORSI!!!

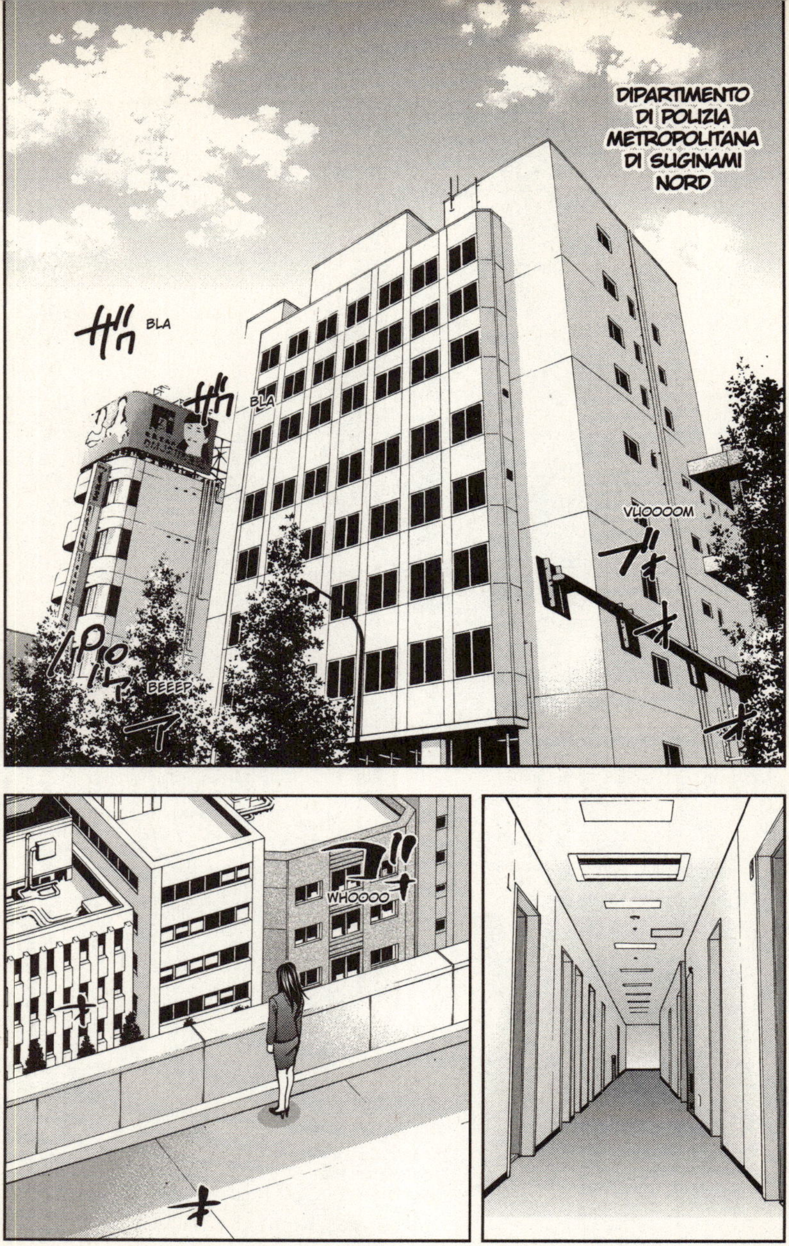
DIPARTIMENTO DI POLIZIA METROPOLITANA DI SUGINAMI NORD
VUOOOOM
BLA
BLA
BEEEP
WHOOOO

BE-BEEEP
BEEEP
VROOOM
YOME, HO I RISULTATI DELLA SCIENTIFICA!
GULP
CHAK
...
A PROPOSITO DI CHE, KATSUMURA?
DEL CASO D'OMICIDIO DELL'USURAIO AVVENUTO NELLA CAFFETTERIA COLOURFUL.
È DI TUA COMPETENZA, NO?
VUSH
SÌ SÌ, CERTO.

SI DICE CHE LA VITTIMA, IL SIG. KIJIMA, SIA DECEDUTO A CAUSA DI UN COLLASSO IMPROVVISO.
DEDUCO CHE GLI SIA STATO MESSO DEL VELENO NEL TÈ FREDDO CHE STAVA BEVENDO.
DAVVERO? EPPURE NEL FASCICOLO NON SE NE FA PAROLA.
EH?
DAGLI ESAMI TOSSICOLOGICI SVOLTI SIA SUL CADAVERE SIA SULLA SCENA DEL CRIMINE NON È STATA RINVENUTA ALCUNA TRACCIA DI VELENO.
WHOOOOO
SCHERZI?!
E ALLORA DA COSA SAREBBE DIPESO IL CROLLO DI PRESSIONE?
NON CHIEDERLO A ME. COMUNQUE LA SCIENTIFICA HA DECISO DI RIPETERE GLI ESAMI.
CAPISCO.
...
PIUTTOSTO, HAI VISTO QUESTA FOTOGRAFIA?

PROVIENE DALLA TELECAMERA DI SORVEGLIANZA DELLA CAFFETTERIA.
GUARDA L'INQUIETANTE UOMO IN NERO COMPARSO IMPROVVISAMENTE POCO PRIMA CHE LA VITTIMA MORISSE.
È INDUBBIO CHE QUEST'INDIVIDUO C'ENTRI QUALCOSA CON LA DIPARTITA DI KIJIMA.
!
UN MOMENTO!
COSA CI FA DEL FILO ANNODATO SUL TAVOLO DI UNA CAFFETTERIA?
KATSUMURA, YOME!
È STATO APPENA INDIVIDUATO L'UOMO IN NERO!
TOH, È STATO PIÙ FACILE DEL PREVISTO!
MEGLIO NON PERDERE TEMPO!
YOME!
DATTI UN CONTEGNO!
QUANTO A GRADI, TI RICORDO CHE SEI IL MIO DIRETTO SUPERIORE!

SONO CERTO CHE ANCHE MIO FIGLIO TI RIVORREBBE IN SELLA.
CHIAMA MIO PADRE!
TI SEMBRO DAVVERO IN GRADO DI COMPIERE UNA RAPINA A MANO ARMATA?!
CHIAMA SUBITO MIO PADRE! LUI TESTIMONIERÀ LA MIA INNOCENZA!
MI SPIACE PER TE, MA KATSUMURA È STATO APPENA DESTITUITO DAL CASO.
SCOMMETTO CHE IN CUOR TUO SPERAVI CHE ESSENDO IL FIGLIO DI UN POLIZIOTTO TI AVREMMO TRATTATO CON I GUANTI BIANCHI, O AVREMMO CHIUSO UN OCCHIO SUL CRIMINE CHE HAI COMMESSO, VERO?
POVERO PICCOLO ILLUSO, INDEGNO DI ESSERE IL FIGLIO DI TUO PADRE.
TI SBAGLI!
NON SONO STATO IO!
Ho continuato a ripetere che non ho fatto niente di cui sono accusato, eppure nessuno ha voluto credermi. Non sopporto più che mio padre abbia problemi sul lavoro a causa mia. Mi dispiace tanto.

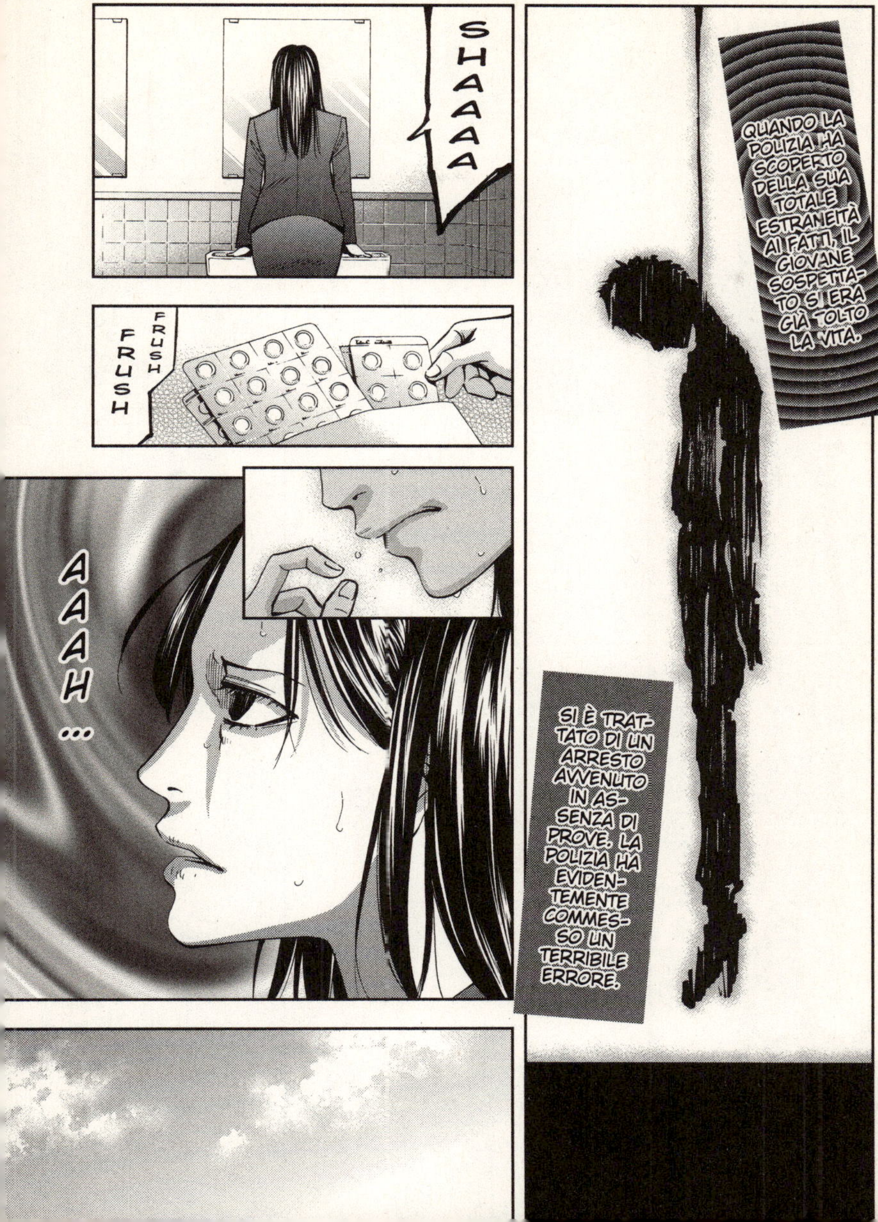
QUANDO LA POLIZIA HA SCOPERTO DELLA SUA TOTALE ESTRANEITÀ AI FATTI, IL GIOVANE SOSPETTATO SI ERA GIÀ TOLTO LA VITA.
SI È TRATTATO DI UN ARRESTO AVVENUTO IN ASSENZA DI PROVE. LA POLIZIA HA EVIDENTEMENTE COMMESSO UN TERRIBILE ERRORE.
SHAAAAA
FRUSH FRUSH
AAAAH...

ROOONF
RONF
MIAAAO
ECCO IL NOSTRO UOMO: TADASHI USOBUKI.
INCREDIBILE COME UN UMANO POSSA VIVERE ATTORNIATO...
...DA TUTTI QUESTI GATTI.
POLIZIA! VEDI DI SVEGLIARTI!
GNAM GNAM...
RONF...
SMETTI DI FINGERE DI DORMIRE O VUOI CHE TI TRASCINI DI PESO FINO IN CENTRALE?
MMMH...
むく
FRUP

BUON-GIORNO.
COSA POTREBBE VOLERE MAI DA ME LA POLIZIA?
?!
NELLO SGUARDO DI QUE-ST'UOMO C'È... QUAL-COSA... MA COSA?
NON FA-RE IL FINTO TONTO CON ME! CONOSCI BENISSIMO IL MOTIVO PER CUI SIAMO QUI!
NIENTE AFFAT-TO. MI ILLUMI-NI.

È PER IL CASO DELLA MORTE SOSPETTA DELL'USURAIO KIJIMA.
VORREI CHE ME NE PARLASSI, MA IN CENTRALE.
SÌ, MA PRIMA VORREI CHE DESSE DA MANGIARE AI GATTI.
SA, QUESTI PICCOLINI ADORANO RICEVERE IL CIBO DA MANI FEMMINILI.
VUSH
!
* TONNO
E VA BENE. QUESTI GATTI SONO TUOI?
BEIGE.
UN NOME PIUTTOSTO BIZZARRO PER UN GATTO... E QUALE SAREBBE?
OPS, HO SBAGLIATO.
A QUANTO PARE... LE SUE MUTANDINE SONO AZZURRE.
AH!
TU-TUM
YAWN
EHI, MA DOVE CREDI DI ANDARE?! FERMATI SUBITO, USOBUKI!
KTONK
KTONK

NON SO CHE TIPO DI VELENO TU ABBIA USATO, MA SONO CERTA CHE LA MORTE DI KIJIMA SIA STATA CAUSATA DA QUALCHE SOSTANZA SCONOSCIUTA CHE TU GLI HAI SOMMINISTRATO!
PERCIÒ VERRAI IN CENTRALE CON ME, ADESSO!
LO AVREI AVVELENATO, EH?
UH UH...
VUSH
TI HO DETTO DI FERMAR...
AHI!
GRAFF
FUUUH
AH!
TAP
MI SPIACE PER LEI, MA NON AVREBBE DOVUTO GRIDARE MENTRE ERA INTENTA A DAR LORO DA MANGIARE.

SLUUURP
FSHAAAA
?!

SLAP
BADA, USOBUKI! PORTA RISPETTO O TI ARRESTO PER OLTRAGGIO A PUBBLICO UFFICIALE!
UH UH ...
SLURP
MA DOVE VAI?! EHI!
KTONK
KTONK
YOME, CHE FACCIAMO?! LO ARRESTIAMO?!
YOME? CHE STAI GUARDANDO?
!!!
EEEEH?!

DAAAN
COS'È QUEL GONFIORE? ED È NELLO LO STESSO PUNTO IN CUI TI HA LECCATA USOBUKI!
QUEL...
...BA-STAR-DO!
MI HA AVVE-LENATA!
* INFERMERIA
NON PUÒ ESSERE, DOTTO-RESSA!
医務室
RIPETA DA CAPO TUTTE LE ANALISI!

LE HO GIÀ RIPETUTE E PIÙ VOLTE, MA LE UNICHE COSE CHE HO RINVENUTO SUL SUO POLSO...
...SONO TRACCE DI COMUNE SALIVA UMANA.
E ALLORA...
...COME LO SPIEGA QUESTO GONFIORE?!
INFATTI NON ME LO SPIEGO. LA SUA EPIDERMIDE NON PRESENTA ALCUNA SOSTANZA CHE POSSA GIUSTIFICARLO.
ALL'INIZIO AVEVO PENSATO AI GRAFFI DEL GATTO, MA SONO TROPPO SUPERFICIALI PER POTER CAUSARE UNA REAZIONE ALLERGICA.
DEVE ESSERCI UNA CAUSA!
COMUNQUE, LE PRESCRIVERÒ UN ANTISTAMINICO. QUANTO ALLE ANALISI EFFETTUATE, LE PASSERÒ ALLA SCIENTIFICA. UN SECONDO PARERE POTREBBE TORNARCI UTILE.
...
QUALCHE GIORNO PIÙ TARDI...

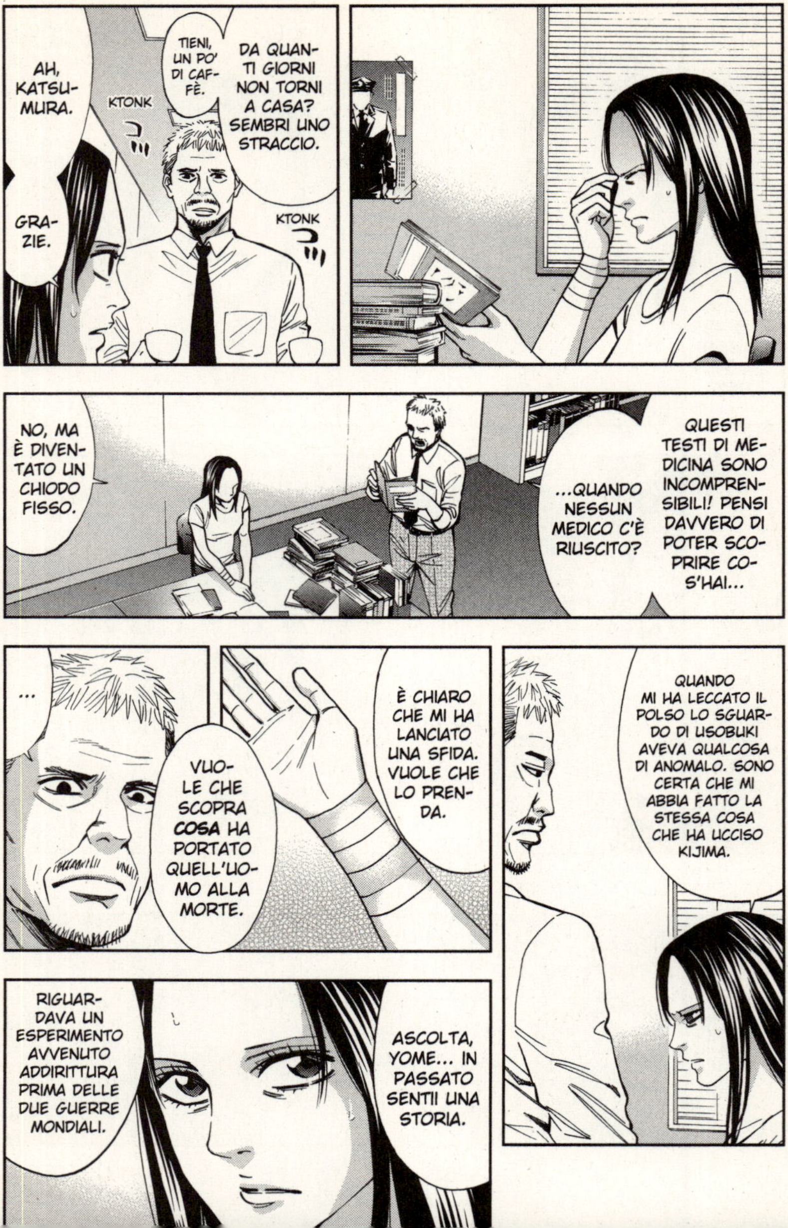

TIENI, UN PO' DI CAFFÈ.
DA QUANTI GIORNI NON TORNI A CASA? SEMBRI UNO STRACCIO.
AH, KATSUMURA.
KTONK
KTONK
GRAZIE.
QUESTI TESTI DI MEDICINA SONO INCOMPRENSIBILI! PENSI DAVVERO DI POTER SCOPRIRE COS'HAI...
...QUANDO NESSUN MEDICO C'È RIUSCITO?
NO, MA È DIVENTATO UN CHIODO FISSO.
QUANDO MI HA LECCATO IL POLSO LO SGUARDO DI USOBUKI AVEVA QUALCOSA DI ANOMALO. SONO CERTA CHE MI ABBIA FATTO LA STESSA COSA CHE HA UCCISO KIJIMA.
È CHIARO CHE MI HA LANCIATO UNA SFIDA. VUOLE CHE LO PRENDA.
VUOLE CHE SCOPRA COSA HA PORTATO QUELL'UOMO ALLA MORTE.
...
ASCOLTA, YOME... IN PASSATO SENTII UNA STORIA.
RIGUARDAVA UN ESPERIMENTO AVVENUTO ADDIRITTURA PRIMA DELLE DUE GUERRE MONDIALI.

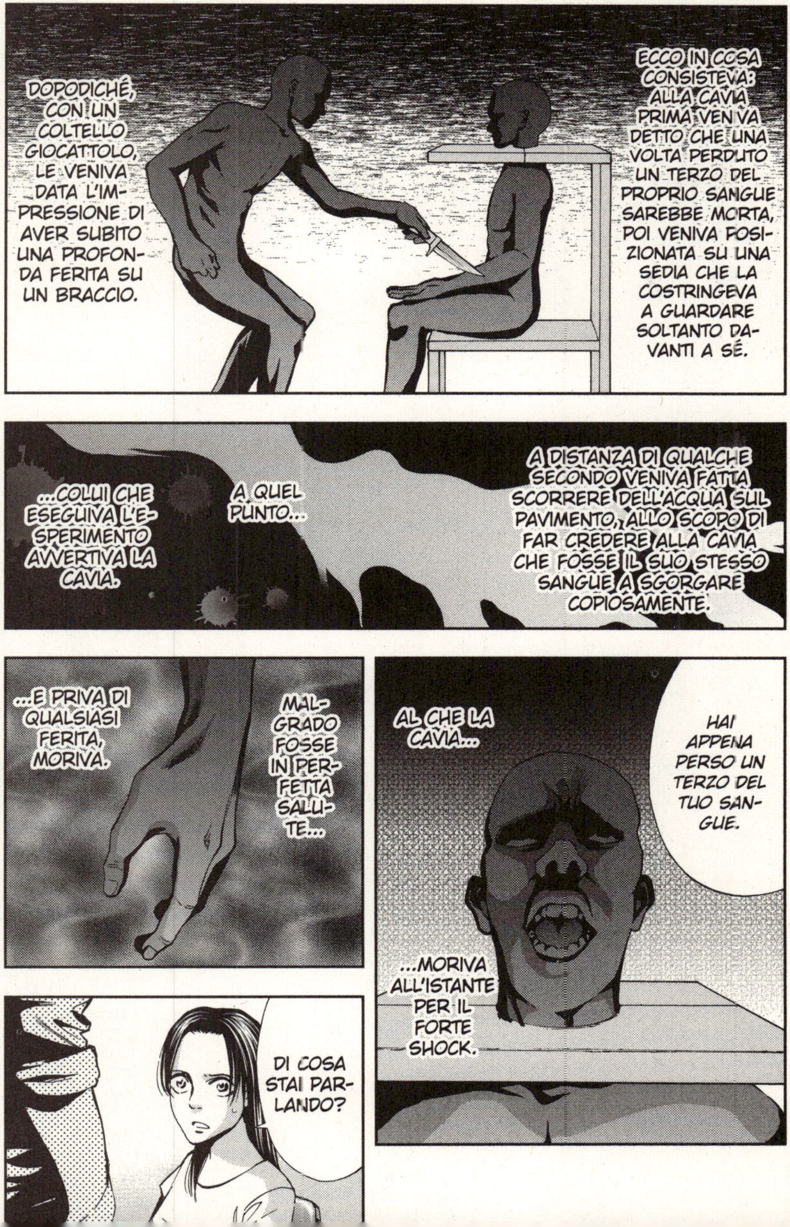
ECCO IN COSA CONSISTEVA: ALLA CAVIA PRIMA VENIVA DETTO CHE UNA VOLTA PERDUTO UN TERZO DEL PROPRIO SANGUE SAREBBE MORTA, POI VENIVA POSIZIONATA SU UNA SEDIA CHE LA COSTRINGEVA A GUARDARE SOLTANTO DAVANTI A SÉ.
DOPODICHÉ, CON UN COLTELLO GIOCATTOLO, LE VENIVA DATA L'IMPRESSIONE DI AVER SUBITO UNA PROFONDA FERITA SU UN BRACCIO.
A DISTANZA DI QUALCHE SECONDO VENIVA FATTA SCORRERE DELL'ACQUA SUL PAVIMENTO, ALLO SCOPO DI FAR CREDERE ALLA CAVIA CHE FOSSE IL SUO STESSO SANGUE A SGORGARE COPIOSAMENTE.
A QUEL PUNTO...
...COLUI CHE ESEGUIVA L'ESPERIMENTO AVVERTIVA LA CAVIA.
HAI APPENA PERSO UN TERZO DEL TUO SANGUE.
AL CHE LA CAVIA...
...MORIVA ALL'ISTANTE PER IL FORTE SHOCK.
MALGRADO FOSSE IN PERFETTA SALUTE...
...E PRIVA DI QUALSIASI FERITA, MORIVA.
DI COSA STAI PARLANDO?

DI SUGGESTIONE, O MEGLIO DI CONVINZIONE.
PER INDUZIONE LA CAVIA SI ERA CONVINTA DI ESSERE PROSSIMA ALLA MORTE.
!!!
TU-TUM
CONVINZIONE, HAI DETTO?
QUINDI MI STAI DICENDO CHE KIJIMA È MORTO PERCHÉ USOBUKI LO HA INDOTTO A CREDERE DI AVER INGERITO DEL VELENO?!
E CHE ABBIA CONVINTO ANCHE ME DI ESSERE STATA AVVELENATA?!
È ALTAMENTE IMPROBABILE, MA SE TU AVESSI RAGIONE...
... CHE NE SAREBBE DEL CASO ?!

DA POLIZIOTTA IN CARRIERA SAI MEGLIO DI ME CHE NON CI SAREBBE ALCUN CASO.
A MENO CHE SEDERSI DI FRONTE A QUALCUNO E CONVERSARCI SIA DIVENTATO DI COLPO UN REATO.
UN CRIMINE RITENUTO INFATTIBILE...
...È LEGALMENTE NOTO COME...
TU-TUM
...REATO IMPOSSIBILE.
TUTTO QUESTO È... ASSURDO!
NON SI PUÒ MORIRE PERCHÉ TROPPO CONVINTI DI QUALCOSA!
TROVI?

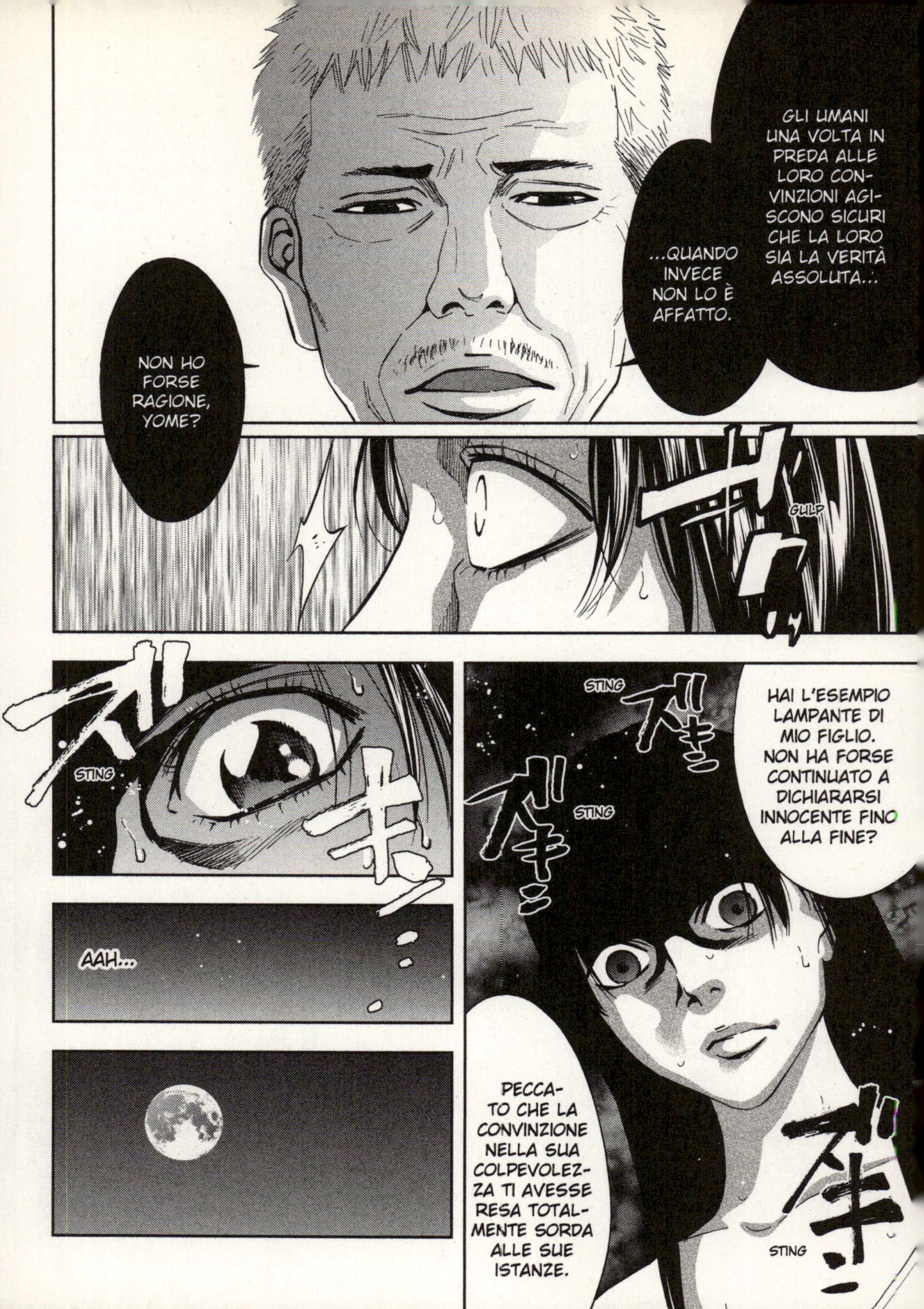
GLI UMANI UNA VOLTA IN PREDA ALLE LORO CONVINZIONI AGISCONO SICURI CHE LA LORO SIA LA VERITÀ ASSOLUTA...
...QUANDO INVECE NON LO È AFFATTO.
NON HO FORSE RAGIONE, YOME?
GULP
STING
STING
HAI L'ESEMPIO LAMPANTE DI MIO FIGLIO. NON HA FORSE CONTINUATO A DICHIARARSI INNOCENTE FINO ALLA FINE?
PECCATO CHE LA CONVINZIONE NELLA SUA COLPEVOLEZZA TI AVESSE RESA TOTALMENTE SORDA ALLE SUE ISTANZE.
STING
STING
AAH...

MA CHE BRUTTA CERA, SIGNORA DETECTIVE.
TAP
UN POLIZIOTTO NON DOVREBBE AVERE...
...L'ARIA DI CHI È SCHIACCIATO DAL RIMORSO PER AVER COMMESSO UN ATROCE DELITTO.
HAI CENTRATO IL PUNTO.
!
WHOOO
IO... HO UCCISO UN RAGAZZO INNOCENTE ASSECONDANDO LA MIA ERRATA **CONVINZIONE** CHE FOSSE...
...COLPEVOLE.
WHOOO
HO SEMPRE PENSATO DI ESSERE INTELLIGENTE E RAZIONALE.
UNA **PERSONA CORRETTA**, ASSOLUTAMENTE INCAPACE DI COMMETTERE ERRORI E CEDERE A COMPORTAMENTI POCO SERI.

AVEVO TORTO.
E ORA... NON SO COSA FARE.
!!!
FSHAAAA
PCHU

BASTERÀ RIMPIAZZARE LA VECCHIA CONVINZIONE...
はっ ANF
...CON UNA NUOVA.
ANF
AH... AAAAH!
PAM
IH...!
PAM
PAM
NGH...! AAH! NNH!
PAM
PAAAM
AH...
AAH...!!!

SHAAA
NON SOLO HO CEDUTO A QUEST'INDIVIDUO...
...MA HO ADDIRITTURA...
...GODUTO COME MAI IN VITA MIA.
MI FACCIO SCHIFO!
E IO SAREI UNA DONNA INTELLIGENTE E RAZIONALE?
UNA PERSONA CORRETTA IN OGNI FRANGENTE?
SIGNORA DETECTIVE, PER SDEBITARMI DEI PIACEVOLI MOMENTI DI CUI MI HAI FATTO GODERE TI RIVELERÒ UNA COSETTA.
?

QUESTA NOTTE TU...
SHAAA
...MORIRAI.
... COME?
CHE ... HAI DETTO?!
CHE ENTRO STANOTTE MORIRAI.
TAP
POTRAI ANCHE TENTARE DI OPPORTI, MA NELLA PARTE PIÙ PROFONDA DELLA TUA ANIMA HAI GIÀ ACCETTATO L'INELUTTABILITÀ DELLE MIE PAROLE.
TAP
NON HAI VIA DI SCAMPO.
E PERCHÉ MAI DOVREI MORIRE?!
USOBUKI!
NON SI TRATTA SOLO DEL CASO DI KIJIMA, VERO?! QUAL È IL TUO VERO OBIETTIVO?!

WHOOO
QUELLO DI PROVARE QUANTO...

...GLI UMANI SIANO FRAGILI.
COSA?!
CHI È QUEST'UOMO IN REALTÀ?!

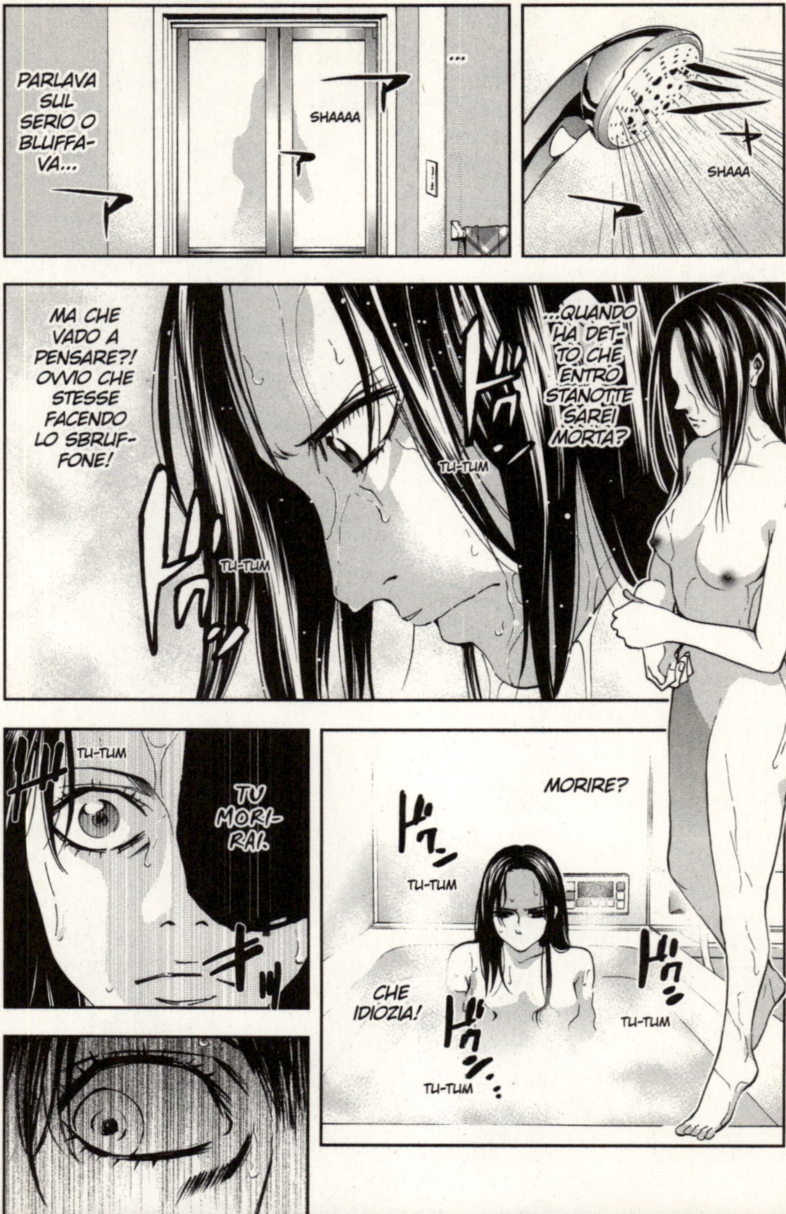
SHAAA
...
SHAAAA
PARLAVA SUL SERIO O BLUFFAVA...
...QUANDO HA DETTO CHE ENTRO STANOTTE SAREI MORTA?
TU-TUM
MA CHE VADO A PENSARE?! OVVIO CHE STESSE FACENDO LO SBRUFFONE!
TU-TUM
MORIRE?
TU-TUM
TU-TUM
CHE IDIOZIA!
TU-TUM
TU-TUM
TU MORIRAI.

MUORI.
TU-TUM
SI TRATTA DI UNA CON-VINZIONE INDOTTA E NIENTE DI PIÙ!
DEVO CALMARMI! QUESTA È SOLO UNA SUGGE-STIONE!
IIIH
MUORI. MUORI.
WHOOO
SZOCK
...ALLUCI-NAZIONE!!
MUO-RI.
MUO-RI.
NON MI LASCERÒ UCCIDERE DA UNA STUPIDA...

MUORI!
FSHAAA
FWAAAH
MA COSA ...?!
PERCHÉ C'È TUTTO QUESTO SANGUE?!
BRRR
OH NO ...!
STO PERDENDO TROPPO SANGUE...
MI SENTO IL CORPO INTORPIDITO...
TU-TUM
TU-TUM
TU-TUM
TU-TUM
TU-TUM

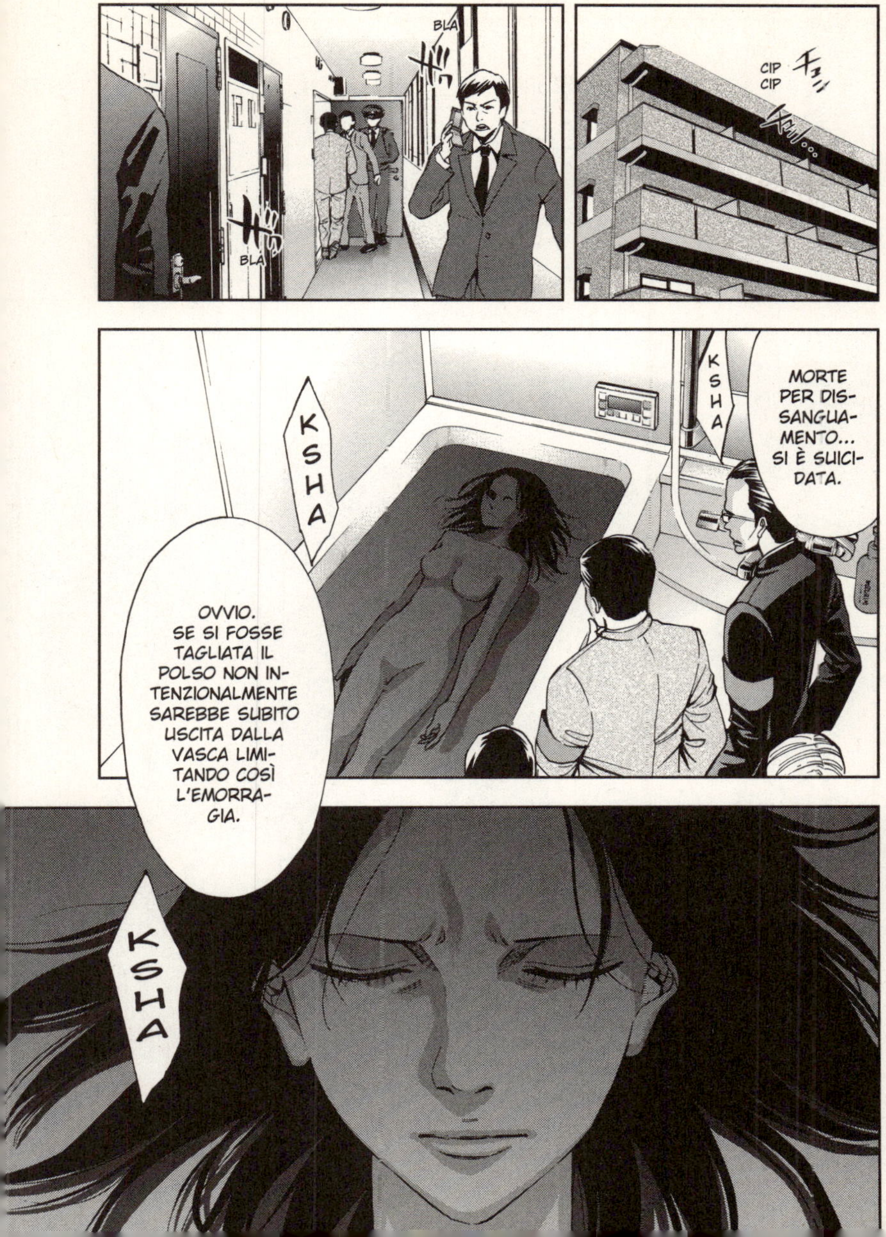
CIP
CIP
BLA
BLA
KSHA
MORTE PER DISSANGUAMENTO... SI È SUICIDATA.
KSHA
OVVIO. SE SI FOSSE TAGLIATA IL POLSO NON INTENZIONALMENTE SAREBBE SUBITO USCITA DALLA VASCA LIMITANDO COSÌ L'EMORRAGIA.
KSHA

È ANCHE VERO CHE QUALCHE GOCCIA DI SANGUE IN ACQUA SEMBRA IL DOPPIO DELLA QUANTITÀ EFFETTIVA.
E NON SONO POCHI I CASI IN CUI IL SOGGETTO, IMPRESSIONATO ALLA VISTA DI CHISSÀ QUANTO SANGUE, PERDA I SENSI PRIMA DI USCIRE DALL'ACQUA, DECRETANDO COSÌ LA PROPRIA MORTE.
WHOOOO
UH UH UH! NON ERO CERTO CHE AVRESTI MESSO IN ATTO LA MIA RICHIESTA...
...VISTO CHE SONO UN POLIZIOTTO.
TAP

SAI, QUELLA DONNA HA CREDUTO FINO ALLA FINE CHE IO FOSSI DAVVE-RO...
...UNA PERSONA GENEROSA E COM-PRENSIVA.
PUOI AVERE TUTTI I TITOLI DI STUDIO PIÙ PRESTI-GIOSI, MA...
...SE NON CONOSCI NEMMENO LE BASI PER CONDURRE UNA SEMPLI-CE INDAGINE, SEI SOLO UNA PERFET-TA IDIOTA!
DIGRIGN
È STATA LA SUA INCAPA-CITÀ AD AMMAZ-ZARE MIO FIGLIO!
COME HA POTUTO SOLO PENSARE CHE IO L'AVESSI PERDONATA?! L'IDEA CHE ORA IL SUO PUTRIDO CORPO NUDO SIA UN OGGETTO INANIMATO ALLA MERCÉ DELLA SCIENTIFICA, MI PROCURA UN IMMENSO PIACERE!
FARÒ GIRARE SU INTERNET LE FOTO DEL SUO CADAVERE SULLA SCENA DEL CRIMINE. E SUL TA-VOLO AU-TOPTICO!
AH AH AH!!!
SPLATCH

KATSU-MURA?
COS'È CHE HAI APPENA DETTO?
EH?
COSA?
MA ...
... CHE ...?
SCRUTA
NON PUÒ ESSE-RE!
CHE CI FACCIO NEL-L'UFFICIO DELLA SEZIONE INVESTI-GATIVA ?!
SCRUTA
KTONK
KTONK
CONSIDERAN-DO QUELLO CHE ABBIAMO SENTITO TUTTI, CREDO PROPRIO CHE TU ABBIA DA SPIEGARCI PARECCHIE COSE.
SWUSH
!!!

CHE SCIOC-CHI...
...GLI UMANI.

EPISODIO 2: Tradimento fra sorelle

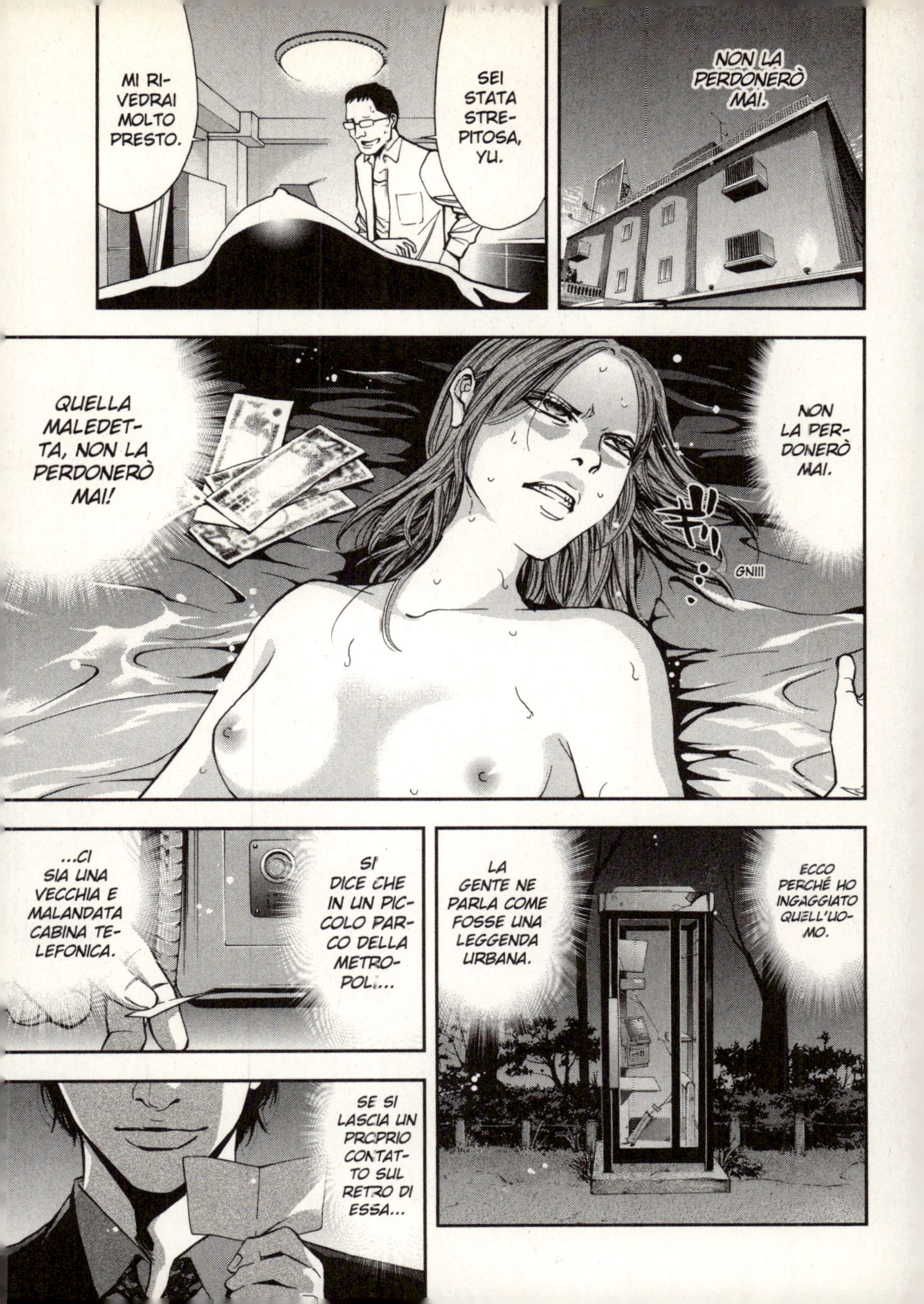
NON LA PERDONERÒ MAI.
SEI STATA STREPITOSA, YU.
MI RIVEDRAI MOLTO PRESTO.
NON LA PERDONERÒ MAI.
QUELLA MALEDETTA, NON LA PERDONERÒ MAI!
GNIII
ECCO PERCHÉ HO INGAGGIATO QUELL'UOMO.
LA GENTE NE PARLA COME FOSSE UNA LEGGENDA URBANA.
SI DICE CHE IN UN PICCOLO PARCO DELLA METROPOLI...
...CI SIA UNA VECCHIA E MALANDATA CABINA TELEFONICA.
SE SI LASCIA UN PROPRIO CONTATTO SUL RETRO DI ESSA...

...SI VOCIFERA CHE FARÀ LA SUA COMPARSA UN MISTERIOSO UOMO...

...DAL-
LE IRIDI
DEGLI
OCCHI
ROSSE.
LEI È YUI
YUMEHARA.
HA 26 ANNI
E LAVORA IN
UNA GRAN-
DE E NOTA
AZIENDA DI
DESIGN.

LUI INVECE È KATSUAKI SAKAKI, IL SUO FIDANZATO, 33 ANNI. COME PRIMOGENITO DEL DIRETTORE DELL'OSPEDALE GENERALE SAKAKI, FRA QUALCHE ANNO SUCCEDERÀ AL PADRE.
IL PROSSIMO MESE LA COPPIA CONVOLERÀ A NOZZE ALLE HAWAII.
SEMBRA ATTENDERE LORO UNA VITA DA SOGNO, INVIDIABILE AGLI OCCHI DI CHIUNQUE.
ESATTAMENTE L'OPPOSTO DELLA VITA CHE HA YU, LA SORELLA GEMELLA DI YUI, OSSIA LEI.
GIÀ.
PROPRIO COSÌ.

QUANDO AVEVAMO ENTRAMBE DIECI ANNI, I NOSTRI GENITORI DIVORZIARONO, CIASCUNO PORTANDO CON SÉ UNA DI NOI.
IO FINII CON NOSTRO PADRE CHE ALL'EPOCA GESTIVA UN'AZIENDA.
MENTRE YUI VENNE PORTATA VIA DA NOSTRA MADRE.
FINO AL DIVORZIO IO E YUI ERAVAMO STATE IDENTICHE IN TUTTO.
A SCUOLA AVEVAMO GLI STESSI VOTI, CI PIACEVANO LE STESSE COSE E CI ASSOMIGLIAVAMO PERFINO NEL CARATTERE.
PERÒ...
...CON LA ROTTURA DEL MATRIMONIO IL NOSTRO DESTINO SI È DIVISO IN DUE STRADE BEN DISTINTE.
POCO DOPO IL DIVORZIO L'AZIENDA DI PAPÀ FALLÌ E LUI TROVÒ CONSOLAZIONE NELL'ALCOL. CIÒ SIGNIFICÒ PER ME PRECIPITARE IN UN INFERNO FATTO DI VIOLENZA FISICA E PSICOLOGICA.
E CONTINUO A FARLO TUTTORA, MALGRADO LUI SIA MORTO DA UN BEL PO'. SEMBRA ASSURDO, LO SO, MA HO CAPITO CHE...
...GLI UMANI UNA VOLTA TOCCATO IL FONDO NON POSSONO O SI RIFIUTANO DI RISALIRE LA CHINA.
ALLA FINE, PER RIPAGARE TUTTI I DEBITI CHE AVEVA E CONTINUAVA A FARE...
...PAPÀ MI COSTRINSE A PROSTITUIRMI.
DELLA VITA TUTTA ROSE E FIORI DELLA MIA GEMELLA YUI...
...L'HO SAPUTO PER CASO, NAVIGANDO SU INTERNET.

NON POTEVO CREDERE AI MIEI OCCHI QUANDO HO VISTO IL SUO NOME SUL PORTALE DI UNA DELLE PIÙ IMPORTANTI AZIENDE DI DESIGN!
QUELL'INSIGNIFICANTE ESSERE PRIVO DEL BENCHÉ MINIMO TALENTO… COME DIAVOLO HA POTUTO DIVENTARE UNA STIMATA DESIGNER?!
EHM, LE RICORDO CHE PRIMA HA DETTO CHE ERAVATE UGUALI IN TUTTO.
SI STA DANDO LA ZAPPA SUI PIEDI.
E COME SE NON BASTASSE TRAMITE I SOCIAL NETWORK SONO ANCHE VENUTA A SAPERE CHE PRESTO SI SAREBBE SPOSATA.
AL CHE HO CERCATO IL SUO INDIRIZZO DI CASA E LE HO SCRITTO UNA LETTERA DI FELICITAZIONI SENZA MANCARE DI RACCONTARLE DELLA MIA VITA.
PECCATO CHE DALLA CARA E DOLCE YUI NON SIA PERVENUTA ALCUNA RISPOSTA!
PER DI PIÙ…
DIGRIGN
…NON SI È DEGNATA NEMMENO DI INVITARMI AL MATRIMONIO!
QUELLA STRONZA MI CONSIDERA INDEGNA!
PECCATO CHE ABBIA I MIEI STESSI GENI!
LA SOLA DIFFERENZA FRA NOI L'HA FATTA IL DESTINO, PERCHÉ SE FOSSI STATA IO QUELLA CHE LA MAMMA PORTÒ CON SÉ, A QUEST'ORA SAREBBE YUI NELLE MIE CONDIZIONI!
LE FARÒ PAGARE CARA LA SUA ARROGANZA!
LE IMPEDIRÒ DI CONTINUARE A ESSERE FELICE!

PERCIÒ... TI INGAGGIO UFFICIALMENTE PER... UCCIDERLA!
ACCETTI, USOBUKI?
GHIGN
ALLORA, IO ANDREI.
VAI PURE, YUI. ANCHE OGGI TI ASPETTANO I PREPARATIVI PER IL MATRIMONIO, GIUSTO?
ESATTO!
MI ASPETTO UNA CERIMONIA IN GRANDE STILE, CARISSIMA!

KATSUAKI MI STA ASPETTANDO, MEGLIO AFFRETTARMI.
TAP TAP
♪
LEI È LA SIGNORINA YUI YUMEHARA, GIUSTO?
MOLTO LIETO DI CONOSCERLA.
!
CHE MANO SPORCA...!
EHM ...
MI SCUSI, MA LEI CHI È?
QUEST'UOMO MI TERRORIZZA.
VUSH
FORSE È QUI COME NOSTRO CLIENTE?
SE FOSSE COSÌ, LA PREGO DI RECARSI AL QUINTO PIANO.
CERCAVO LEI, SIGNORINA YUI YUMEHARA...

SONO QUI PER UCCI-DERLA.
TU-TUM
CO-CO-COSA?!
CHE STA DICEN-DO?!
PERCHÉ TANTA SORPRESA? A QUANTO PARE LEI È UNA VERA SCIOCCA, ALTRIMENTI SI ACCORGEREBBE DELL'ATMOSFERA MALSANA CHE LE ALEGGIA INTORNO.
!!!
L'INDIVIDUO CHE LA VUOLE MORTA È FRA QUELLI CHE LE SONO PIÙ VICINI E LEI NON NE HA IL BENCHÉ MINIMO SEN-TORE? CHE PENA MI FA.
?!

IO PROPRIO NON CAPISCO DI COSA LEI STIA PARLANDO!
SE NE VADA O CHIAMO LA POLIZIA!
OH PREGO, FACCIA PURE.
FSHAAA
DAAASH
IIIIH!!!
WHOOO
QUEL TIZIO INQUIETANTE HA DETTO CHE...
...QUALCUNO A ME PROSSIMO VUOLE LA MIA MORTE?!
ASSURDO!
QUEGLI OCCHI POI... ERANO TERRIFICANTI!
SLAM

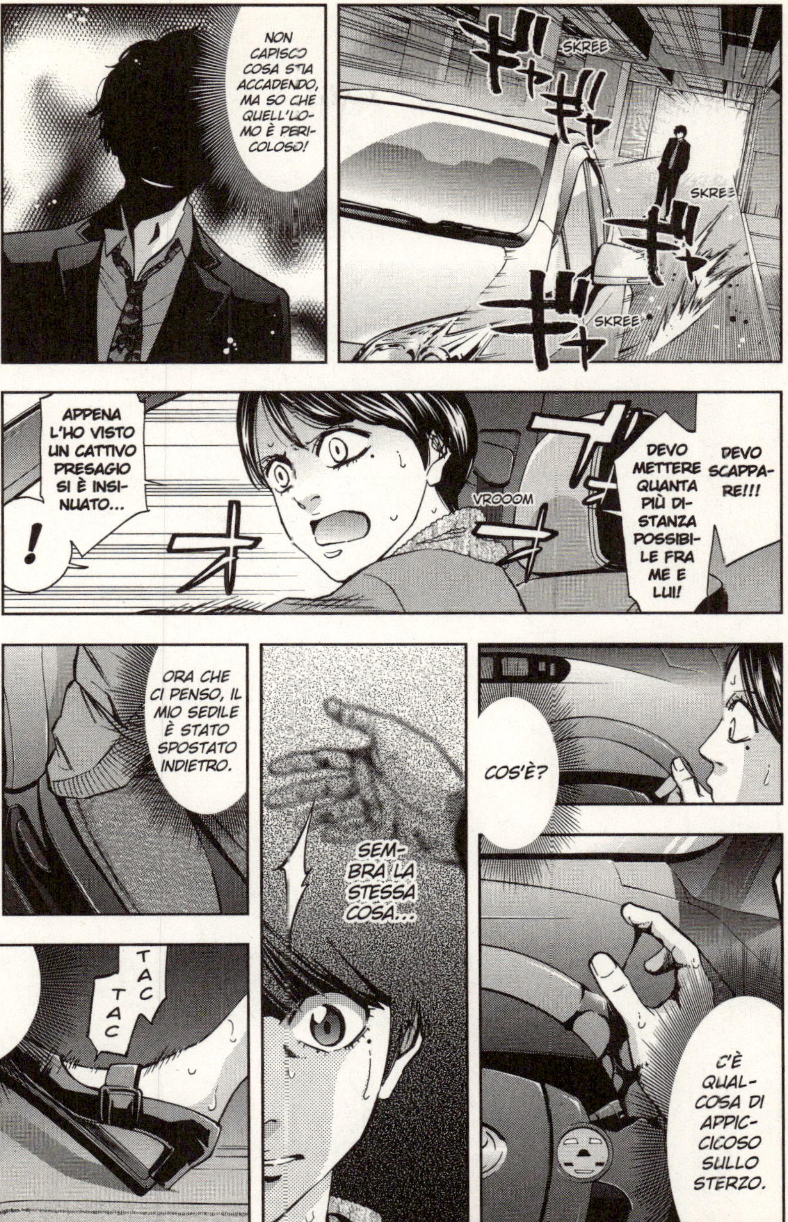
SKREE
SKREE
SKREE
NON CAPISCO COSA STIA ACCADENDO, MA SO CHE QUELL'UOMO È PERICOLOSO!
DEVO SCAPPARE!!!
DEVO METTERE QUANTA PIÙ DISTANZA POSSIBILE FRA ME E LUI!
VROOOM
APPENA L'HO VISTO UN CATTIVO PRESAGIO SI È INSINUATO...
!
COS'È?
C'È QUALCOSA DI APPICCICOSO SULLO STERZO.
SEMBRA LA STESSA COSA...
ORA CHE CI PENSO, IL MIO SEDILE È STATO SPOSTATO INDIETRO.
TAC
TAC
?!

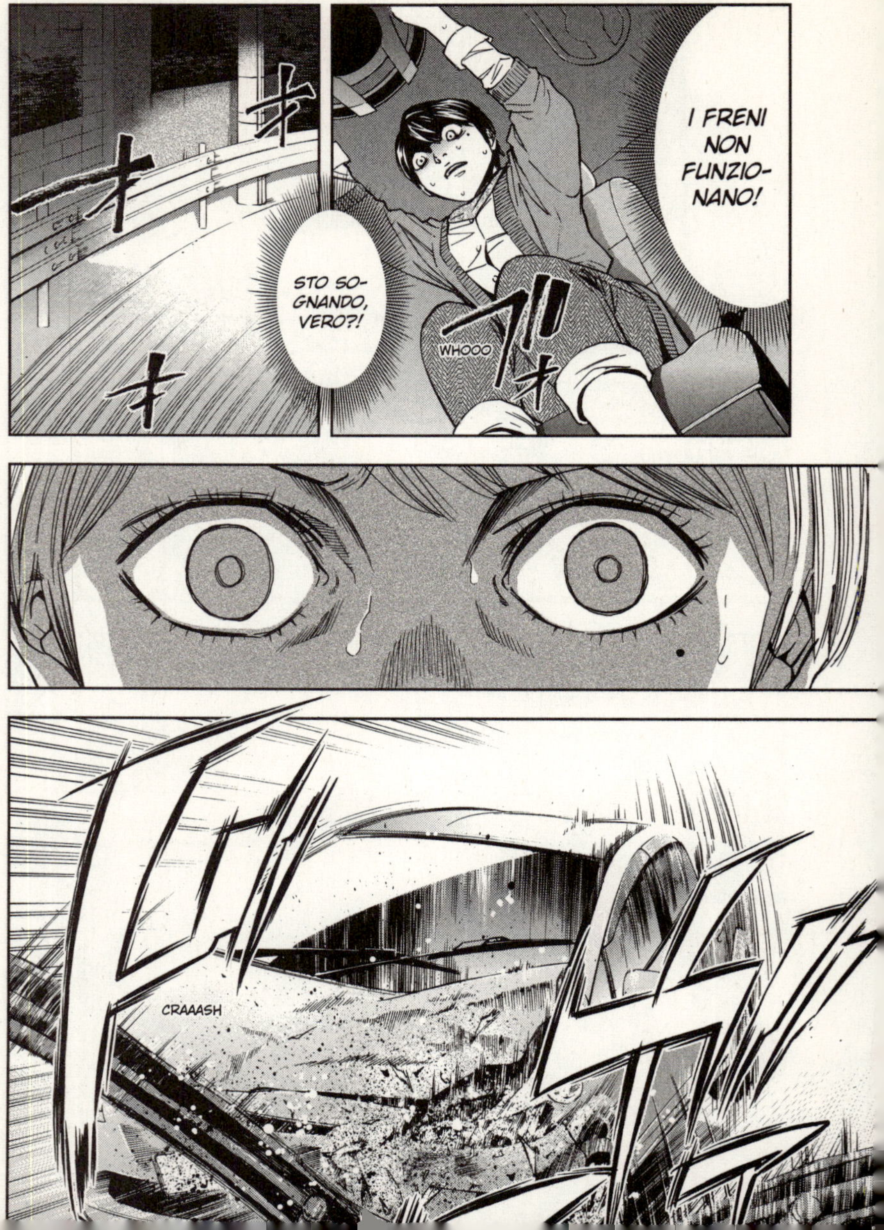
I FRENI
NON
FUNZIO-
NANO!
STO SO-
GNANDO,
VERO?!
WHOOO
CRAAASH

BEEEE
YUI!!!
COME STAI, YUI?!
SLAM

KATSUAKI...
SEI CERTA DI POTER STARE SEDUTA?!
SÌ.
PER FORTUNA SE L'È CAVATA CON QUALCHE FERITA SUPERFICIALE.
MENO MALE! MI HAI SPAVENTATO A MORTE!
SCUSAMI.
L'INDIVIDUO CHE LA VUOLE MORTA È FRA QUELLI CHE LE SONO PIÙ VICINI E LEI NON NE HA IL BENCHÉ MINIMO SENTORE?
CHE SIA KATSUAKI?
MA CHE VAI A PENSARE, STUPIDA YUI?!
SENTI, KATSUAKI...
...VORREI PARLARTI... IN PRIVATO.
EH?
IO...
...È MEGLIO CHE VADA SUBITO A PREPARARE LE TERAPIE.
TI RINGRAZIO.
ALLORA, DI COSA SI TRATTA?
SAI BENE CHE PUOI DIRMI TUTTO.
SÌ, E TI RINGRAZIO PER QUESTO.

HO SUBITO... UN TENTATO OMICIDIO.
EH?
NEL PARCHEGGIO SOTTERRANEO MI SONO IMBATTUTA IN UN UOMO CHE MI HA MINACCIATA DI MORTE! AL CHE SONO SALITA IN AUTO...
...PER POI ACCORGERMI, UNA VOLTA PARTITA, CHE I FRENI NON FUNZIONAVANO!
ASPETTA UN ATTIMO! STANDO A QUANTO DETTO DALLA POLIZIA L'AUTO NON AVEVA NULLA DI ANOMALO.
NON È VERO!
TI DICO CHE I FRENI NON HANNO FUNZIONATO E LA COLPA È TUTTA DI QUELL'UOMO INQUIETANTE VESTITO DI NERO CHE MI È VENUTO INCONTRO!
QUALE UOMO INQUIETANTE VESTITO DI NERO?!
GULP
A OGNI MODO, RIPOSA.
MI OCCUPERÒ IO DI RIFERIRE ALLA POLIZIA DI QUEST'UOMO MISTERIOSO.
D'ACCORDO?
PERÒ...

NON PREOCCUPARTI. ORA SEI IN OSPEDALE, AL SICURO.
E SE MAI DOVESSI SENTIRTI IN PERICOLO CHIAMA E IO MI PRECIPITERÒ DA TE.
SRRR
TU PERÒ RIPOSA, D'ACCORDO?
SÌ.
KATSUAKI HA RAGIONE.
DEVO SMETTERLA DI PREOCCUPARMI, QUI NON HO NULLA DA TEMERE.
OH, VEDO CHE IL DOTTOR SAKAKI SE N'È ANDATO.
LE HO PORTATO LE MEDICINE E IL PASTO.
GRAZIE.
MI SCUSI, MA LEI È FORSE SAEKO?
EH?
CONOSCE IL MIO NOME? QUANDO GLIELO AVREI DETTO?
IN EFFETTI NON È STATA LEI, MA KATSUAKI. MI PARLÒ DI UNA INFERMIERA MOLTO BELLA DI NOME SAEKO.
DAVVERO IL DOTTORE HA DETTO QUESTO DI ME?! OH, CHE IMBARAZZO!
IO INVECE SONO FURIOSA CON LUI. INSOMMA, LE SEMBRA NORMALE CHE SI SIA VANTATO DELL'ASPETTO FISICO D'UN'INFERMIERA CON ME CHE SONO LA SUA FIDANZATA?!
IMBRONCIAT
OH, NON HA NULLA DA TEMERE, IL DOTTORE NON HA OCCHI CHE PER LEI!
COMUNQUE, È ASSURDO CHE NESSUNO SI SIA ACCORTO CHE I FRENI DELLA MIA AUTO FOSSERO ROTTI.
PERCHÉ DI CERTO NON FUNZIONAVANO!

SONO SICURA CHE QUELL'UOMO È SALITO SULLA MIA AUTO E L'HA MANOMESSA... CON L'INTENTO DI... UCCIDERMI!
QUANTO ALLA POLIZIA, È CHIARO CHE NON HA FATTO IL SUO DOVERE, ALTRIMENTI SI SAREBBERO ACCORTI DEI FRENI!
PERÒ...
...NON CAPISCO... PERCHÉ UCCIDERMI?

!
ORA CHE CI PENSO... IL CIBO AVEVA UN SAPORE STRANO...!
MPFH!
OH NO... CHE SIA STATA AVVELENATA?!
OEEEEEH
!
QUELL'UOMO È QUI...!
PRESTO... FERMATELO!!!
YUI! CHE LE SUCCEDE?!
EH?
QUALE UOMO?
IO NON VEDO PROPRIO NESSUNO.

ESCA DI QUI.
EH?
ESCA SUBITO DI QUI!
IRRITAT
E NON FACCIA ENTRARE NESSUNO!
COSA HO FATTO DI MALE PER MERITARMI TUTTO QUESTO?!
CHI PUÒ ODIARMI TANTO?
CHI?!
TRE GIORNI DOPO...
YUI!
PERCHÉ RIFIUTI LA TERAPIA?
E COME SE NON BASTASSE CONTINUI A NON VOLER TOCCARE CIBO!

NON VOGLIO NIENTE.
SO BENE CHE VI TROVEREI DEL VELENO.
FINISCILA CON QUESTA STORIA!
NESSUNO VUOLE AVVELENARTI! CIBO E CURE SONO ASSOLUTAMENTE SICURI!
COME NO?! SICURI PROPRIO COME I FRENI DELLA MIA AUTO! QUANDO LA SMETTERETE DI NASCONDERMI LA VERITÀ?!
CHI È LA PERSONA CHE MI VUOLE MORTA?! CHI?!
KATSUAKI...
...QUANDO TI PARLAI DELL'UOMO IN NERO REAGISTI IN MODO STRANO, ERI CHIARAMENTE AGITATO.
PERCHÉ?
GULP
...
AGITATO IO?! FORSE NELLA TUA IMMAGINAZIONE!
NON NEGARLO!!!

A OGNI MODO, CERCA DI AVERE UN PO' DI FIDUCIA IN ME E PRENDI LE MEDICINE.
VATTENE VIA!
NON VOGLIO NÉ VEDERTI NÉ SENTIRTI, SPARISCI DALLA MIA VISTA!
DOTTORE, MEGLIO LASCIARLA SOLA.
POTRÀ RIPARLARLE UNA VOLTA CHE SI SARÀ CALMATA.
YUI...
NON CAPISCO!
PERCHÉ TANTA CATTIVERIA NEI MIEI CONFRONTI?!
?!
!!!
GULP

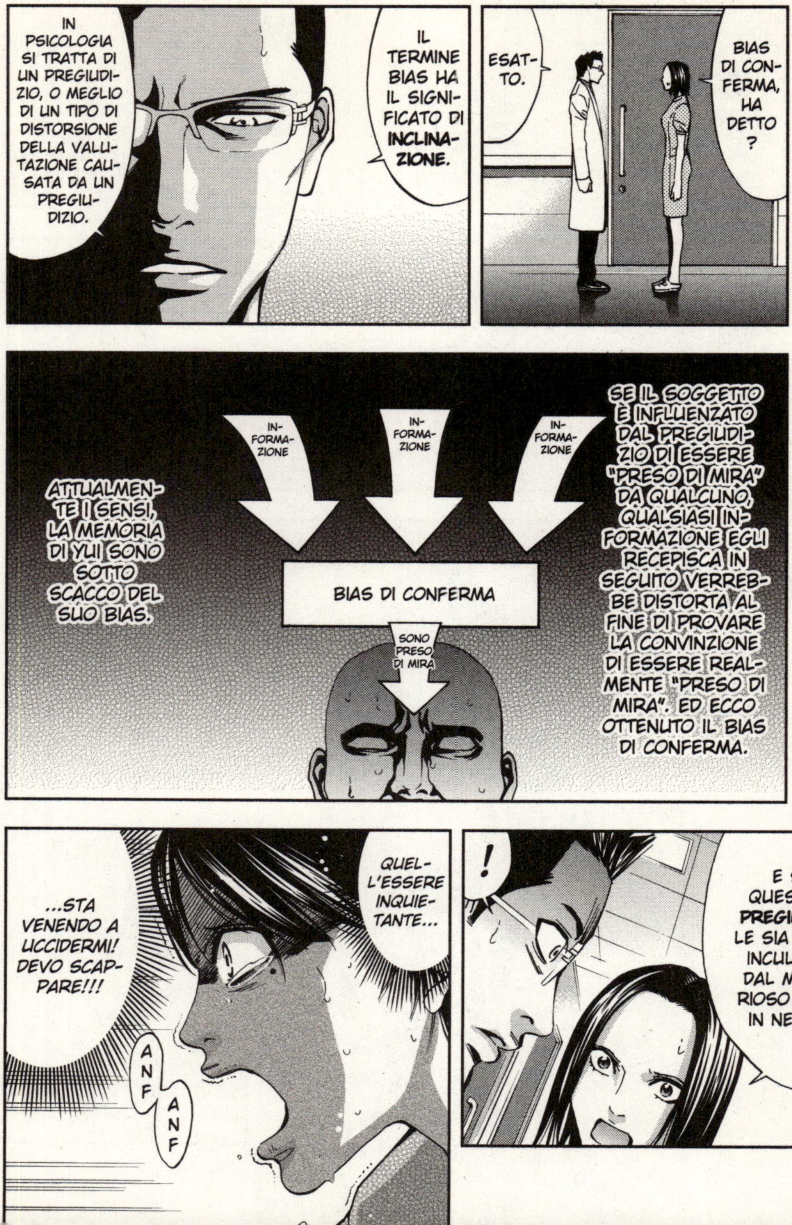
BIAS DI CONFERMA, HA DETTO?
ESATTO.
IL TERMINE BIAS HA IL SIGNIFICATO DI **INCLINAZIONE**.
IN PSICOLOGIA SI TRATTA DI UN PREGIUDIZIO, O MEGLIO DI UN TIPO DI DISTORSIONE DELLA VALUTAZIONE CAUSATA DA UN PREGIUDIZIO.
SE IL SOGGETTO È INFLUENZATO DAL PREGIUDIZIO DI ESSERE "PRESO DI MIRA" DA QUALCUNO, QUALSIASI INFORMAZIONE EGLI RECEPISCA IN SEGUITO VERREBBE DISTORTA AL FINE DI PROVARE LA CONVINZIONE DI ESSERE REALMENTE "PRESO DI MIRA". ED ECCO OTTENUTO IL BIAS DI CONFERMA.
INFORMAZIONE
INFORMAZIONE
INFORMAZIONE
BIAS DI CONFERMA
SONO PRESO DI MIRA
ATTUALMENTE I SENSI, LA MEMORIA DI YUI SONO SOTTO SCACCO DEL SUO BIAS.
E SE QUESTO... **PREGIUDIZIO** LE SIA STATO INCULCATO DAL MISTERIOSO UOMO IN NERO?!
!
QUEL L'ESSERE INQUIETANTE...
...STA VENENDO A UCCIDERMI! DEVO SCAPPARE!!!
ANF
ANF

KATSUAKI, TI PREGO... AIUTAMI!!
SRRR
DOTTORE, LEI CONOSCE L'UOMO IN NERO, NON È COSÌ?
NO, NON PROPRIO...
KATSUA...
!
DAAAN
!!!

KATSUAKI...
È COSÌ ALLORA.
TI SEI INNAMORATO DI QUELLA DONNA, QUINDI È ORA DI ELIMINARE...
...L'UNICO OSTACOLO CHE SI INTERPONE FRA DI VOI!
A OGNI MODO, DEVO FARE QUALCOSA SE NON VOGLIO CHE LE CONDIZIONI FISICHE E MENTALI DI YUI PEGGIORINO.
SONO D'ACCORDO CON LEI.
DOMANI CONTATTERÒ IL REPARTO DI PSICHIATRIA DELL'OSPEDALE UNIVERSITARIO E...
!!!
DOTTORE!!!
WHOOOO

SZOCK
YUI...
NON TI PERDONERÒ MAI, BASTARDO TRADITORE!!!
SZOCK
SZOCK
SZOCK
SZOCK
SZOCK
SZOCK.
MUORI! MUORI! MUORI! MUORI! MUORI! MUORI! MUORI! MUORI! MUORI! MUORI! MUORI! MUORI! MUORI!
KYAAAAAAH
TRRRR
TRRRR
BLA
BLA

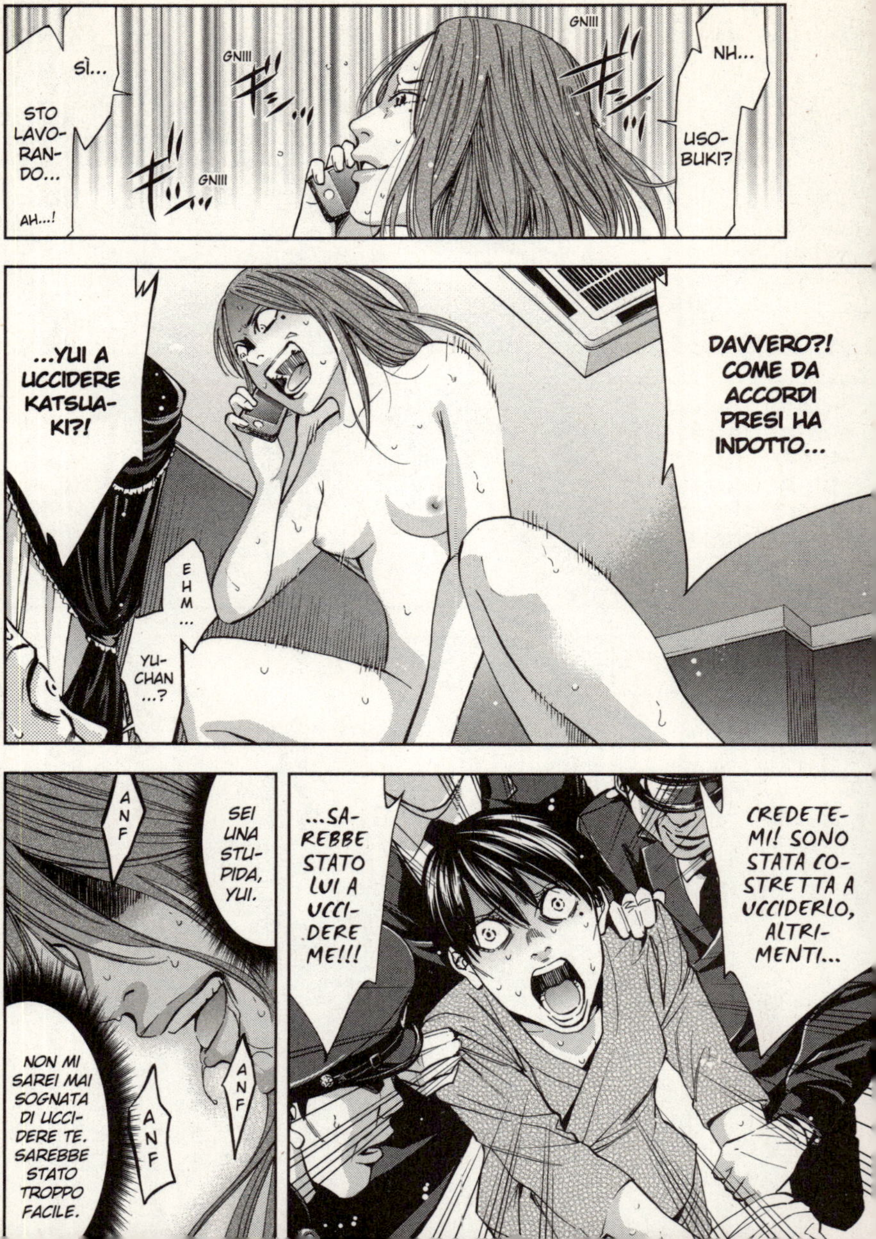
NH...
USOBUKI?
GNIII
GNIII
GNIII
SÌ...
STO LAVORANDO...
AH...!
DAVVERO?! COME DA ACCORDI PRESI HA INDOTTO...
...YUI A UCCIDERE KATSUAKI?!
EHM...
YUCHAN...?
CREDETEMI! SONO STATA COSTRETTA A UCCIDERLO, ALTRIMENTI...
...SAREBBE STATO LUI A UCCIDERE ME!!!
ANF
SEI UNA STUPIDA, YUI.
ANF
ANF
NON MI SAREI MAI SOGNATA DI UCCIDERE TE. SAREBBE STATO TROPPO FACILE.

IL MIO SCOPO È SEMPRE STATO QUELLO DI FARTI DIVENTARE L'ASSASSINA DEL TUO FIDANZATO ..
...TRASCINANDOTI IN FONDO, BEN AL DI SOTTO DI ME.
WSHAM
FINO AL PUNTO IN CUI NON TI RESTERÀ ALTRA STRADA SE NON VIVERE ALL'OMBRA DEL BEL MONDO A CUI ERI ABITUATA!
ANF
È LA PUNIZIONE PER AVERMI ABBANDONATA, YUI.
ANF
AH, MI ERO DIMENTICATO DI RIFERIRLE UNA COSA.
QUANDO HO FRUGATO NELL'AUTO DI YUI, NEL CRUSCOTTO HO TROVATO QUALCOSA CHE POTREBBE INTERESSARLA.
HO PROVVEDUTO A SPEDIRGLIELO PRESSO IL SUO APPARTAMENTO.
DI CHE POTREBBE TRATTARSI?
KTONK
KTONK
SAREBBE QUESTA LA COSA DI CUI PARLAVA USOBUKI?

Invito a partecipare al ricevimento di nozze per la sig.ra Yu Saeki
"CARA YUI, GRAZIE PER AVERMI SCRITTO. NON SAI QUANTO MI ABBIA FATTO PIACERE SAPERE CHE STAI BENE.
TU-TUM
EH?
LA VITA NON È STATA TENERA CON TE E QUESTO MI DISPIACE MOLTO. SENTO DI DOVERTI CHIEDERE SCUSA PER AVER VISSUTO LA MIA VITA IGNARA DELLE TUE SOFFERENZE E DELLA TUA SOLITUDINE, MA TENGO A DIRTI CHE NESSUNO MI HA MAI MESSO A CONOSCENZA DELLA MORTE DI NOSTRO PADRE.
YUI, TE NE PREGO, SMETTI SUBITO DI UMILIARE TE STESSA PROSTITUENDOTI.
A QUESTO PROPOSITO VORREI PROPORTI DI ANDARE A VIVERE INSIEME. CHE NE DICI?
COSÌ POTREMMO RECUPERARE IL TEMPO PERDUTO E GODERCI INSIEME LA FELICITÀ CHE CI MERITIAMO!"
RATTLE
RATTLE
CO-S'È...
...UNO SCHERZO?
"YUI, ASPETTAMI!!!"
CHE COSA HO FATTO...?

"MA CERTO, YU!"
"PRESTO, DAMMI LA MANO!"
"IO E TE SAREMO SEMPRE INSIEME, NON CI SEPAREREMO MAI!"
"MAI E POI MAI!"
PERDONAMI, YUI.
SCUSAMI, SE PUOI.

IO INTANTO TI PRECEDO NEL LUOGO DOVE UN GIORNO MI RAGGIUNGERAI E IN CUI NESSUNO POTRÀ PIÙ SEPARARCI.
BLA
BLA
COSA VORREBBE DA ME?
CHE UCCIDESSE YU SAEKI...
...LA SORELLA GEMELLA DELLA MIA FUTURA SPOSA!

QUELLA VIPERA HA OSATO SCRIVERE A YUI DICENDOLE DI VIVERE UNA VITA D'INFERNO!
IL CONTENUTO DI QUELLA LETTERA ERA A DIR POCO DELIRANTE, TRASPIRAVA PURO ODIO NEI CONFRONTI DELLA NOSTRA FELICITÀ!
quanto io ti invidi!
Hai incontrato quel bel
partito del tuo fidanzato. Che
differenza di trattamento ci ha
riservato il destino! Tu hai tutto e io
non ho avuto niente! anzi, una
cosa l'ho avuta: la sofferenza!
Perché proprio io?!
Perché, perché?! Finora,
malgrado le sofferenze
e l'umiliazione, ho
continuato a tenere
duro, ma poi ho saputo
di te! Perché tu puoi
essere felice e io no?!
YUI HA PENA PER LA SORELLA CHE CONSIDERA TROPPO SFORTUNATA, TANTO DA VOLERLA INVITARE A VIVERE CON NOI! CHE ASSURDITÀ!
FAR ENTRARE NELLA NOSTRA VITA UN SIMILE SOGGETTO SAREBBE UNA FOLLIA! ROVINERÀ TUTTO!
LE CHIEDO DI UCCIDERLA, POSSIBILMENTE SENZA CHE LA NOTIZIA ARRIVI ALLE ORECCHIE DELLA MIA FIDANZATA!
OGNUNO HA SVILUPPATO UNA SPECIFICA CONVINZIONE CHE...
...HA INCREMENTATO A DISMISURA QUELL'ODIO E QUELLA GELOSIA LATENTI, I QUALI SCOPPIANDO LI HA CONDANNATI A MORTE.

CHE ESSERI SENZA SPERANZA SONO...
...GLI UMANI.
* YUI YUMEHARA
201
夢原　唯*
HO CAPITO.
NON APPENA SARÀ IN GRADO DI PARLARE, TORNERÒ PER INTERROGARLA.
YUI YUMEHARA HA ACCENNATO A UN INQUIETANTE UOMO VESTITO DI NERO...
CHE SI TRATTI DI...
...QUELL'INDIVIDUO CHE HA UCCISO TRAMITE SUGGESTIONE L'USURAIO E L'ISPETTORE YOME?

NAME: ARATA MIYATSUKI

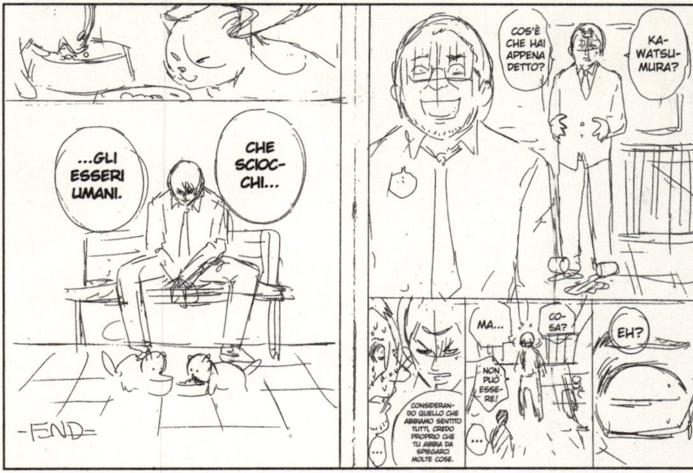

TAVOLE DEFINITIVE: YUYA KANZAKI

UNA VOLTA DECISA LA SERIALIZZAZIONE DI "PERFECT CRIME" HO SAPUTO CHE AVREI POTUTO RICHIEDERE LA COLLABORAZIONE DI YUYA KANZAKI. LA NOTIZIA MI HA FATTO FREMERE PER LA FELICITÀ. TUTTAVIA LA FELICITÀ SI È AVVICINATA ALL'ESTASI QUANDO HO VISTO IL CHARACTER DESIGN DI USOBUKI.
A OGNI MODO, SONO DAVVERO LIETO CHE ENTRAMBI AMIAMO I GATTI.

ARATA MIYATSUKI

EPISODIO 3:
Ciò che non ti
aspetteresti di
trovare in casa

RIPENSANDOCI A MENTE FREDDA, CREDO DI AVERLO SEMPRE SAPUTO IN CUOR MIO.
!
PUSH
Avviso!
Ognuno è pregato di gettare i rifiuti attenendosi alle regole comuni, in modo da non arrecare disturbo agli altri inquilini!
Il capo condomino Torimori

Quando gettate la spazzatura rispettate luogo e giorni di raccolta!
LUN MAR MER GIO VEN SAB DOM
PERÒ HO SEMPRE PREFERITO IGNORARE LE MIE SENSAZIONI.
...
NON VOLEVO INFRANGERE LA MIA FELICITÀ.

* KEN E MOMOKA HANEDA

AVRÒ ANCHE UN LAVORO COMUNE CON UNA RETRIBUZIONE MODESTA, MA SONO COMUNQUE RIUSCITO A COMPRARE UN APPARTAMENTINO.
KTONK
PER DI PIÙ HO UNA MOGLIE CARINA E DOLCE COME MOMOKA.
KTONK
COSA POTREI VOLERE DI PIÙ? ♥
ROVIST ROVIST ROVIST ROVIST
!!!
EHI, TORIMORI! SI PUÒ SAPERE COSA STA CERCANDO...
...NELLA MIA SPAZZATURA!?
!
NIENTE DI PARTICOLARE. STAVO SOLO CONTROLLANDO CHE NON CONTENESSE NIENTE DI STRANO ED È VENUTA FUORI...
...UNA BOTTIGLIA DI PLASTICA!
SARÀ ANCHE IL CAPO CONDOMINO, MA QUESTO NON LE DÀ IL DIRITTO DI ROVISTARE NEI RIFIUTI ALTRUI!

SÌ, MA HO IL DOVERE DI RICORDARE AI CONDOMINI DI RISPETTARE...
...LE BASILARI REGOLE DEL VIVERE COMUNE, IN PARTICOLARE... A SUA MOGLIE!
WHOOO
!!!
KTONK
KTONK
KTONK
ANCHE IN QUEL FRANGENTE MI DISSI CHE...
...TORIMORI SI ERA FATTO PRENDERE DA UN ECCESSO DI ZELO NELLO SVOLGERE LE SUE MANSIONI DA CAPO CONDOMINO E CI PASSAI SOPRA.
FWHAAAA
SONO A CASA!
BENTORNATO, AMORE! TI PIACE QUEST'AROMA AL BERGAMOTTO? ♥
MMMH, CHE BUONO!
MA LI SCOVI TUTTI TU, QUESTI PROFUMI PER LA CASA?
SONO UNA MIA SPECIALITÀ! STAVOLTA NE HO SCELTO UNO CHE FA DA RIEQUILIBRANTE EMOZIONALE, VISTO CHE ULTIMAMENTE SEI GIÙ DI CORDA.
OH, MOMOKA MIA. ♥
THROB
SEI LA MIA LUCE NELLE GIORNATE PIÙ NERE! ♥

NON RESISTO PIÙ, DEVO PRENDERLA SUBITO!!!
DAAAN
PICCO-LA!!!
MI VUOI ANCHE TU, VERO?
SÌ, MA ...
...PRIMA DOBBIAMO CHIUDERE LE TEN-DE...
...O FI-NIRANNO PER VE-DERCI DA FUORI!
AH ...!
FORSE QUALCUNO CON UN PO-TENTE TELE-SCOPIO, VISTO CHE SIAMO AL-L'OTTAVO PIANO!
A A H ... ❤
SLLLURP SLLLURP
MA IN-SOM-MA, KEN ...
MMH... AH!
SEI SEM-PRE IL SOLITO SPOR-CACCIO-NE...!
!

IO E MOMOKA CONVENIMMO CHE FOSSE STATA SOLO UN'ILLUSIONE.
KYAAAH!!!
POI UNA SERA...
SONO A CASA!
DASH
KEN!
CHE HAI, MOMOKA?!
A-ASCOLTAMI!
VERSO L'ORA DI PRANZO STAVO SCHIACCIANDO UN PISOLINO IN CAMERA DA LETTO, QUANDO A UN CERTO PUNTO HO SENTITO DEI RUMORI IN SOGGIORNO. MI SONO ALZATA SENZA FARE RUMORE ED È ALLORA CHE L'HO VISTO!
C'ERA TORIMORI IN CASA NOSTRA!
STAVA ROVISTANDO NEL SECCHIO DELLA SPAZZATURA!
MI STAI DICENDO CHE...
...SI È INTRUFOLATO QUI A TUA INSAPUTA?!
SÌ!! AVEVO COSÌ PAURA CHE NON SONO NEMMENO RIUSCITA A GRIDARE!
QUEL VECCHIACCIO! CHE DIAVOLO HA IN TESTA?!
DLING DLONG DLING DLONG DLING DLOOONG

SI PUÒ SAPERE CHE VUOI A QUEST'ORA?
CHAK
NON FARE IL FINTO TONTO CON ME!
CAPO CONDOMINO O NO, NON AVEVI ALCUN DIRITTO DI ENTRARE DI NASCOSTO IN CASA MIA!
GRAB
ORA VERRAI CON ME ALLA POLIZIA! TI DENUNCIO, PSICOPATICO!
NON TE LO CONSIGLIO.
?!
TU-TUM
OPPURE NON AMI PIÙ TUA MOGLIE?
A QUEL PUNTO DECISI DI AGIRE...
...CONVINTO DI DOVER PROTEGGERE MOMOKA!

FLIP
WHOOOO
WHOOOO
HIROSHI TORIMORI, 70 ANNI. VEDOVO DA CINQUE ANNI, VIVE DA SOLO GRAZIE ALLA PENSIONE E A UN PART-TIME COME GUARDIA GIURATA.
E PER FINIRE... È CAPO CONDOMINO DELLO STABILE DOVE VIVETE LEI E SUA MOGLIE, GIUSTO?
QUELL'APPARTAMENTO MI È COSTATO LACRIME E SANGUE. HO ANCORA ANNI DI MUTUO DAVANTI A ME, QUINDI UN TRASLOCO SAREBBE ASSOLUTAMENTE INSOSTENIBILE! MA NON POSSO LASCIARE LE COSE COME STANNO, O MIA MOGLIE...
...POTREBBE CADERE VITTIMA DI QUEL VECCHIO MALATO!
HO CAPITO LA SITUAZIONE.

PER SCRUPOLO TUTTAVIA LE CHIEDO: È CERTO CHE SIA QUESTO IL SUO OBIETTIVO?
EH?
CERTISSIMO!
ORA SPETTA A LEI!
SLURP

* YUI YUMEHARA

IN VERITÀ...
...SONO QUI PER CHIEDERLE DELL'UOMO IN NERO CHE SAREBBE ENTRATO IN CONTATTO CON LEI.
MI DICA ...
...È QUESTO FORSE?
VUSH
...
NON LO SO.
COME, NON LO SA?
LA PERSONA CON CUI HO PARLATO AVEVA IL VOLTO COPERTO DA UN PASSAMONTAGNA.
PERCIÒ MI È IMPOSSIBILE IDENTIFICARLA.
MI SPIACE.
EH?

DEVE ESSERE ANCORA MOLTO CONFUSA!
OLTRE AD AVERLO VISTO SU FOTO E FILMATI, HO INCONTRATO USOBUKI DI PERSONA ED ERA SEMPRE A VISO SCOPERTO.
ALTRO CHE PASSAMONTAGNA!
UHM...
IN ALTRE PAROLE, LEI È CERTO CHE LA YUMEHARA STIA MENTENDO?
MAHORO TAKI, PSICHIATRA
SÌ! MAGARI LA STA MINACCIANDO...
...PER NON FARLA TESTIMONIARE!
QUAL È LA SUA OPINIONE IN QUALITÀ DI PSICHIATRA?
AVREI PER LEI UNA STORIA MOLTO INTERESSANTE.
EH EH
SI TRATTA DI UN CASO DI STUPRO ACCADUTO IN AUSTRALIA.
A SEGUITO DELLA DIRETTA TESTIMONIANZA DELLA VITTIMA FU ARRESTATO UNO SCIENZIATO DI NOME THOMSON.
TUTTAVIA...
...SI SCOPRÌ CHE QUEST'ULTIMO AVEVA UN ALIBI. EBBENE, DI QUALE ALIBI PENSA SI TRATTASSE?
EH? NON NE HO LA PIÙ PALLIDA IDEA.

NELL'ORA ESATTA IN CUI VENIVA CONSUMATO IL CRIMINE, L'UOMO STAVA PARTECIPANDO A UN PROGRAMMA TELEVISIVO TRASMESSO IN DIRETTA.
IL TELEVISORE AL MOMENTO DELLA VIOLENZA ERA SINTONIZZATO PROPRIO SU QUELLO STESSO PROGRAMMA.
CIÒ SIGNIFICA CHE LA VITTIMA, GUARDANDO IL VOLTO DEL PROFESSORE SULLO SCHERMO TELEVISIVO MENTRE VENIVA VIOLENTATA...
...SI SIA CONVINTA CHE FOSSE LUI IL SUO STUPRATORE.
PARLA DI AUTOCONVINZIONE?
VEDE...LA MEMORIA UMANA NON È POI COSÌ ATTENDIBILE E PUÒ SPROFONDARE NELLA PIÙ COMPLETA CONFUSIONE, SOPRATTUTTO QUANDO ENTRANO IN GIOCO FATTORI DI STRESS COME LA PAURA.
LA DONNA STUPRATA PUR DI SFUGGIRE ALLA PAURA SUSCITATAGLI DAL RICORDO DEL VOLTO DEL SUO ASSALITORE...
...HA CREATO INCONSCIAMENTE UN RICORDO FASULLO **CONVINCENDOSI** DELLA SUA VERIDICITÀ.
PROBABILMENTE LA STESSA COSA È ACCADUTA ALLA MEMORIA DI YUI YUMEHARA.
D'ALTRONDE NON SAREBBE UN'ESAGERAZIONE AFFERMARE CHE GLI UMANI...
...VIVONO PER LO PIÙ BASANDOSI OGNUNO SULLE PROPRIE CONVINZIONI.

E NON È ESCLUSO CHE ...
...POSSANO ADDIRITTURA **MORIRE** A CAUSA DI ESSE!
!!!
WHOOO
NON HO PIÙ SIGARETTE ?
...
VUSH

AH ... EHM ...
GRAZIE.
FSSH
QUELLA NELLA FOTO ERA MOMOKA, DICO BENE?
MA CHE ...?! CHI SEI ?!
GULP
びくっ
UH UH ...

FSHAAA
QUELLA SIGA-RET-TA...
...FA UN CERTO EFFETTO, VERO?
È ROBA FORTE, BASTA UNA TI-RATA PER PARTIRE.
UH... NGH...! UUH...!
WOBBLE
NON PUÒ ES-SERE...! TU SEI...
...UNO DI QUEI DEPRA-VATI?!

IL CERVELLO UMANO È DIVISO FRA CONSCIO E INCONSCIO.
L'INCONSCIO OCCUPA IL 9% DEL CERVELLO. ESSO RACCHIUDE QUALUNQUE CONTENUTO DELLA MENTE ESISTENTE O OPERANTE AL DI FUORI DELLA COSCIENZA.
NELL'INCONSCIO NON SI ANALIZZA LA VERIDICITÀ DELLE INFORMAZIONI.
SIGNIFICA CHE QUALSIASI COSA ESSO REGISTRI VIENE RECEPITA PER ASSOLUTA VERITÀ, DIVENTANDO COSÌ CONVINZIONE.
QUESTO FENOMENO PSICOLOGICO È NOTO COME DISTORSIONE COGNITIVA.

* LA CHIAMANO TETRAFOBIA, OSSIA LA PAURA PER IL NUMERO 4. IN GIAPPONESE IL NUMERO 4 SI PRONUNCIA SHI, MEDESIMO SUONO DELLA PAROLA "MORTE". N.D.T.

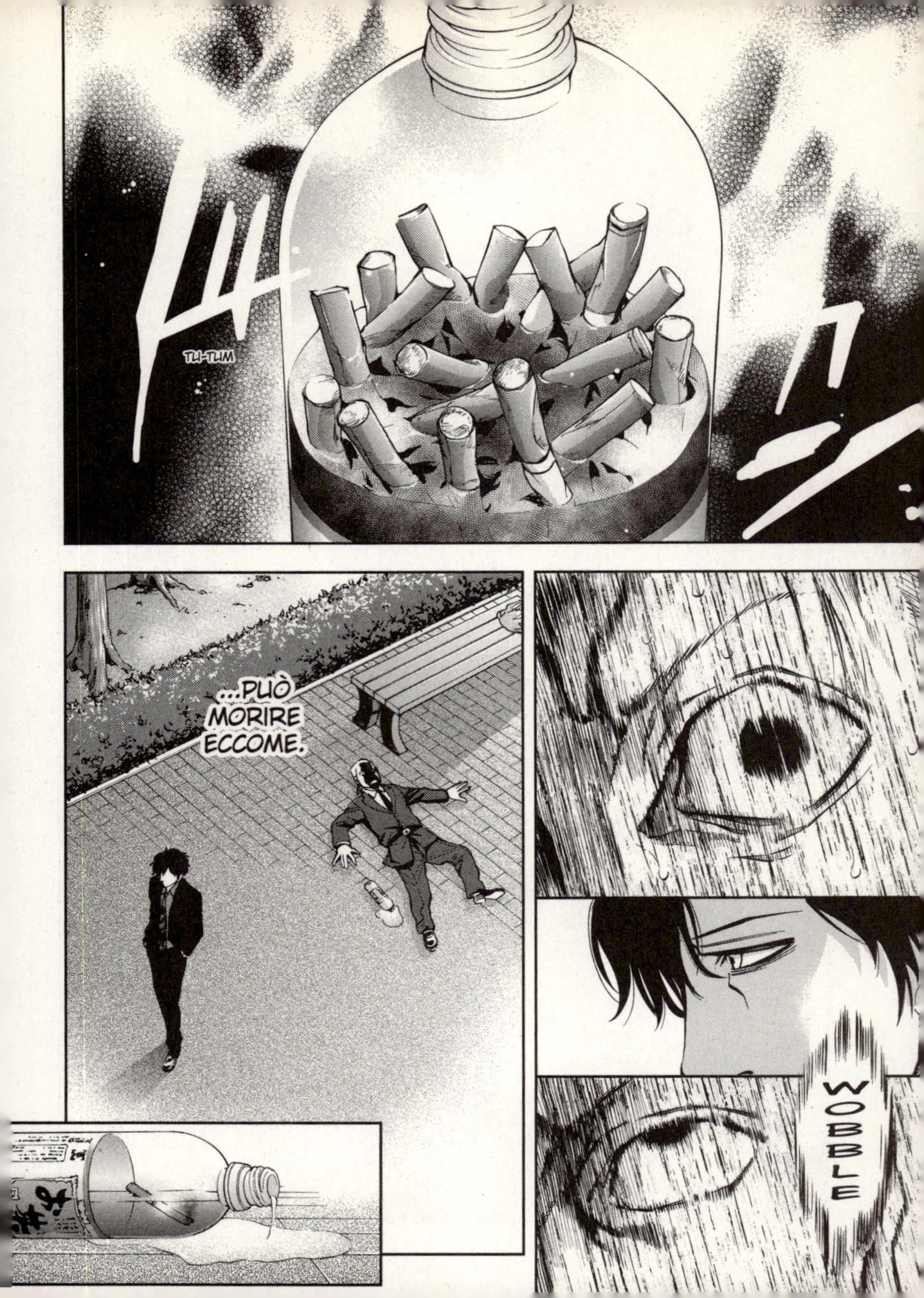
TU-TUM
...PUÒ MORIRE ECCOME.
WOBBLE

WHOOO
ゴォ
オ…
VUSH
ス…
A PROPOSITO, QUESTO È PER LEI. ERA NELL'APPARTAMENTO DI TORIMORI.
QUINDI È MORTO? FINALMENTE…
…QUEL VECCHIACCIO HA AVUTO QUEL CHE SI MERITAVA.
A QUANTO PARE SONO OGGETTI CHE TORIMORI HA RECUPERATO DALLA SPAZZATURA SUA E DI SUA MOGLIE. GLIELI RESTITUISCO.
FRUSH
ガサ
OGGETTI **TRAFUGATI**, VORRÀ DIRE…
ORA IO E MOMOKA POTREMMO TORNARE A ESSERE FELICI.

MI RICHIAMI PURE...
...SE DOVESSE AVERNE BISOGNO.
GHIGN
MI SCUSI, MA OGGI VORREI ANDARE A CASA PRIMA. PURTROPPO NON MI SENTO BENE.
SOGNATELO! L'UNICA COSA CHE VOGLIO FARE ORA...
...È CANCELLARE DALLA MIA MEMORIA TE E QUESTA BRUTTA STORIA!
KTANK
KTANK
È FINITA.
È TUTTO FINITO.

DUM
DODODO
DOM
SDOM
O ALMENO ERA QUELLO CHE CREDEVO...
DUM
DUDUM
DOM
DOM
CLICK
SDOM
DUDUM
...CHE SIGNIFICA...
...QUESTA MUSICA A TUTTO VOLUME?
MAMMA, QUANTO FUMO ...!
MA CHE ...?!
EHI, MOMOKA!
DUM
SDUM
MOMO...

SDUDUM
MOMOKA?
ODDIO...!

NH? OH-OH!
DUM
IL MARITINO È TORNATO A CASA PRIMA DEL TEMPO.
DOM
SDOM
CHE FACCIAMO, MOMOKA?
SDOM
OH... KEN...
DOM
SDUM
TU-TUM
SCUSA... MI... QUESTE PERSONE... SONO MIEI COMPAGNI DI... CIRCOLO... AI TEMPI...
... DELL'UNIVERSITÀ...
TU-TUM
ABBIAMO... COMINCIATO PER... GIOCO... MA PIÙ... PIÙ LO FACEVAMO... E PIÙ... E PIÙ MI... PIACEVA...
TU-TUM
E... E... ADESSO... NON RIESCO A... SMETTEREEE!
GNII
GNII
GNII
GNII
PER... PERDONA... MI! DODOPO...
...DOPO... LO FARÒ ANCHE... CON TE... OK?
GNII
KEN...!
DAAASH

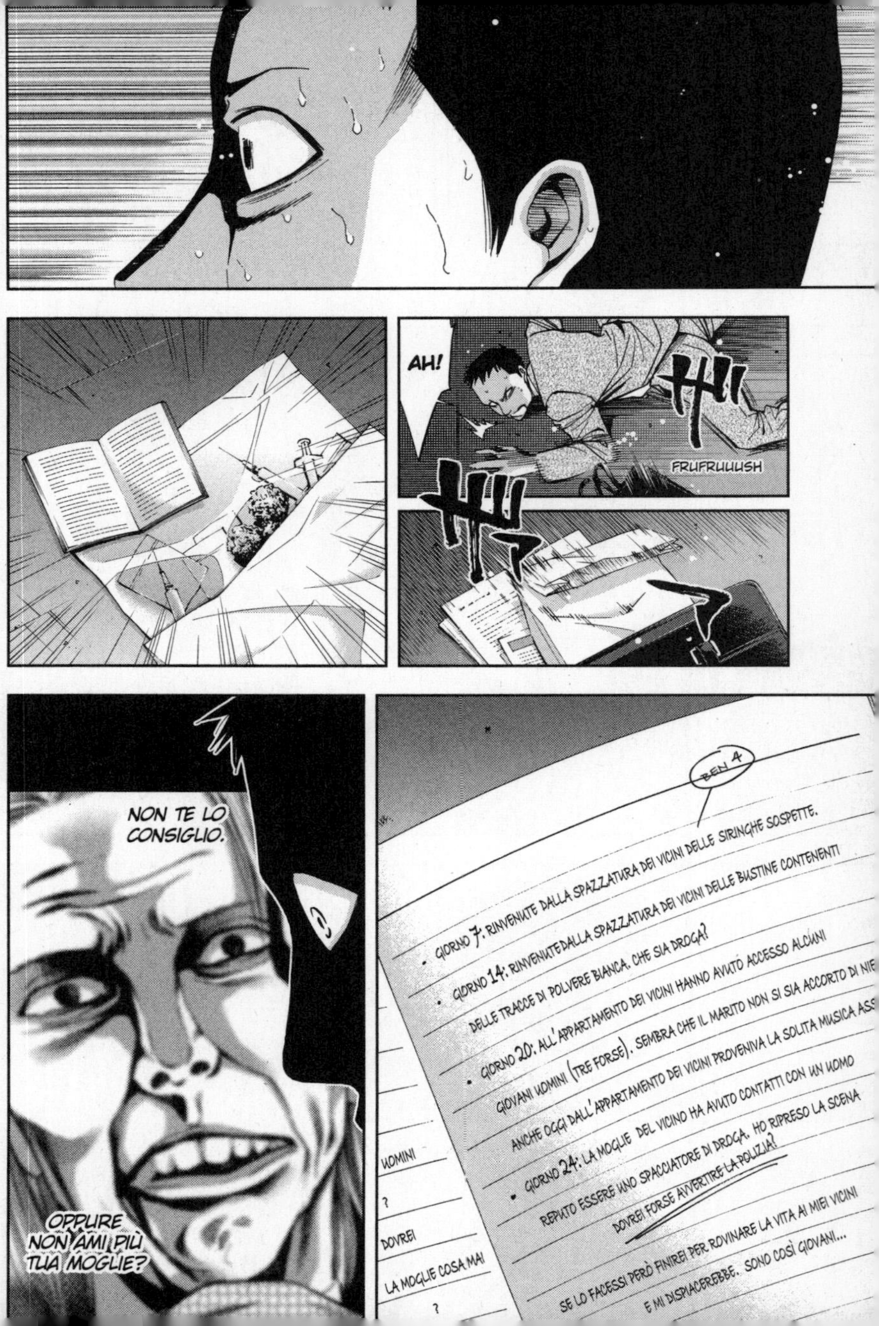
AH!
FRUFRUUUSH
BEN 4
• GIORNO 7: RINVENUTE DALLA SPAZZATURA DEI VICINI DELLE SIRINGHE SOSPETTE.
• GIORNO 14: RINVENUTE DALLA SPAZZATURA DEI VICINI DELLE BUSTINE CONTENENTI
DELLE TRACCE DI POLVERE BIANCA. CHE SIA DROGA?
• GIORNO 20: ALL'APPARTAMENTO DEI VICINI HANNO AVUTO ACCESSO ALCUNI
GIOVANI UOMINI (TRE FORSE). SEMBRA CHE IL MARITO NON SI SIA ACCORTO DI NIE
ANCHE OGGI DALL'APPARTAMENTO DEI VICINI PROVENIVA LA SOLITA MUSICA ASS
• GIORNO 24: LA MOGLIE DEL VICINO HA AVUTO CONTATTI CON UN UOMO
REPUTO ESSERE UNO SPACCIATORE DI DROGA. HO RIPRESO LA SCENA
DOVREI FORSE AVVERTIRE LA POLIZIA?
SE LO FACESSI PERÒ FINIREI PER ROVINARE LA VITA AI MIEI VICINI
E MI DISPIACEREBBE. SONO COSÌ GIOVANI...
UOMINI
?
DOVREI
LA MOGLIE COSA MAI
?
NON TE LO CONSIGLIO.
OPPURE NON AMI PIÙ TUA MOGLIE?

PER SCRUPOLO TUTTAVIA LE CHIEDO: È CERTO CHE SIA QUESTO IL SUO OBIET-TIVO?
È CHIA-RO CHE USOBUKI MI AVEVA LETTO DENTRO.
'O STESSO SOTTO SOTTO HO SEMPRE DUBITATO DI MOMOKA. IL LARGO USO DI PROFUMI PER LA CASA NON ERA PER PASSIONE...
...MA PER COPRIRE IL TANFO DI QUANTO AVVENIVA IN MIA ASSENZA.
NEI GIORNI DEI SUOI NAUSEANTI INCONTRI LEI SI DIMOSTRA-VA PIÙ CHE DISPONIBILE A SODDI-SFARMI.
ERA IL SUO MODO PER PLACARE I SENSI DI COLPA NEI MIEI CONFRONTI.
SENTIVO CHE C'ERA QUALCOSA DI STRANO, MA MI RI-FIUTAVO DI GUARDARE IN FACCIA LA REALTÀ.
MI È STATO PIÙ FACILE CONVIN-CERMI CHE FOSSE TORIMORI IL CATTIVO DELLA SITUA-ZIONE.
TAP
TAP
TAP
È QUI PER AS-SEGNARMI UN NUOVO INCARICO, VERO?
TAP
TAP
GIÀ... NON CREDO DI...
...POTER RISOLVERE QUESTA FACCENDA DA SOLO.
WHOOO

VOGLIO CHIUDERLA QUI E L'UNICO MODO È UCCIDERE...
...SIA MOMOKA CHE ME.
WHOOO
WHOOO
CHE SCIOCCHI...
...GLI UMANI.

EPISODIO 4: Amore di mezza età

MIAAAO
ニャー
ニャー
WAAAH! CHI DIAVOLO È LEI?!
ニャー
MIAAAO
EPISODIO 4: Amore di mezza età
IO?
MI CHIAMO TADASHI USOBUKI. PIACERE DI FARE LA SUA CONOSCENZA.

KTANK
È ACCADUTO STAMATTINA...
KTONK
KTANK
KTANK
KTANK
KTANK
KTONK
PSSSH
EHI!
SEI STATO TU A TOCCARMI, VERO?
BLA
BLA
VECCHIO.
BLA

* 7.500 EURO CIRCA. N.D.T.

PRESTO VERRÒ A FARTI UNA VISITINA, QUINDI ASPETTAMI COL DENARO PRONTO...
...SIGNOR SUZUMOTO.
INDUSTRIE X S.P.A.
DIRETTORE COMMERCIALE
MINORU SUZUMOTO
STAZIONE KOENJI
高円寺駅 Koenji Station
È QUELLA LA RAGAZZA?
ESATTO.
BLA
UN'ACCUSA DI MOLESTIE SESSUALI NEI CONFRONTI DI UNA MINORENNE INDURREBBE L'AZIENDA A LICENZIARMI. CIÒ ACCADREBBE ANCHE SE RIUSCISSI A PROVARE LA MIA INNOCENZA.
E CON QUESTA CRISI ECONOMICA IMPERANTE UN LICENZIAMENTO SIGNIFICHEREBBE PER ME L'IMPOSSIBILITÀ DI UN RIMPIEGO.
BLA
BLA
BLA
UH UH... CHI AVREBBE MAI DETTO CHE QUEL BEL FACCINO NASCONDESSE UNA DELINQUENTE DEDITA ALLE ESTORSIONI?
INOLTRE MIA FIGLIA STA PER SOSTENERE GLI ESAMI DI AMMISSIONE E COSTANO CARI... UN MILIONE DI YEN PROPRIO NON POSSO PERMETTERMELO.
IO...
...NON SO PROPRIO COSA FARE!

LEI SI CHIAMA USOBUKI, GIUSTO?
POTREBBE RISOLVERE L'INCRESCIOSA SITUAZIONE IN CUI MI TROVO?
SÌ, SE È QUELLO CHE VUOLE.
GYAH AH AH!!!
BASTA!
DIMENA
DAAAI, NON FARE TANTE STORIE E APRI LE GAMBE, MIZUHARA!
KYAH! SMETTETELA!
DIMENA
DIMENA

RICORDI L'ACCORDO, VERO? O MI PORTI UN MILIONE DI YEN OPPURE TI DARÒ IN PASTO A QUESTI QUATTRO A DIECIMILA YEN A TURNO. PENSA, POTREI ADDIRITTURA INTASCARE DI PIÙ...
...DI UN MILIONE! ♥
NON VEDO L'ORA DI SCOPARMELA!
A CHI LO DICI! POSSIAMO, VERO?!
GHIGN
GHIGN
ASPETTA! TI ASSICURO CHE AVRAI I SOLDI CHE MI HAI CHIESTO. SO GIÀ DOVE ANDARE A PRENDERLI!
BUON PER TE, MA SAPPI CHE IL TEMPO PER RISCATTARE LE TUE FOTO STA PER SCADERE.
O PAGHI AL PIÙ PRESTO O IL TUO SPOGLIARELLO FINIRÀ DRITTO IN RETE! ♪
VUSH
NON FARLO, SENPAI MAMI!
PROMETTO CHE TI PAGHERÒ!!!
MI DAI ANCORA DELLA SENPAI MALGRADO NON SIA PIÙ UNA LICEALE COME TE?
COS'È, UN MODO MESCHINO PER RICORDARMI CHE LO SCORSO ANNO HO FALLITO L'ESAME DI AMMISSIONE ALL'UNIVERSITÀ?

MI DISPIACE NON ESSERE ALL'ALTEZZA TUA, CHE FREQUENTI UNA SCUOLA D'ÉLITE!
SDENG
NON ERA MIA INTENZIO...
MPFH!
TU SÌ CHE SEI INTELLIGENTE, VERO?!
SLAP
ORA BASTA, MAMI.
LA SUA FACCIA GONFIA DI BOTTE ME LO ME LO FA AMMOSCIARE!
TSK!
MENO MALE CHE SONO UN MASCHIO, IL BULLISMO FRA DONNE MI METTE I BRIVIDI!
UUH...
SE ENTRO DOMANI NON MI PORTERAI L'INTERA SOMMA TI FARÒ VIOLENTARE DA QUESTI QUATTRO, TI HO AVVISATA!
VEDRAI, SARÒ DELICATO! ♥
COME NO?!
GYAAH AH AH
QUASI CI CREDO!
...
MALEDIZIONE!
DIGRIGN

* STAZIONE KOENJI

CONSEGNAMI SUBITO IL MIO MILIONE DI YEN!
?!
CHI TI HA CONCIATA IN QUEL MODO?!
NON SONO AFFARI TUOI!
PIUTTOSTO, TIRA FUORI I SOLDI!
E COME?! IO NON HO UNA SIMILE CIFRA CON ME, NÉ TANTOMENO IN BANCA!
TSK!
ALLORA NON MI RESTA CHE ANDARE ALLA POLIZIA!
GRAB
ASPETTA UN MOMENTO, TI PREGO!
SEI FORSE...
...MINACCIATA DA QUALCUNO?
!

SE FOSSE COSÌ, DA ADULTO È MIO DOVERE AIUTARTI!
CORAGGIO, RACCONTAMI COSA TI STA ACCADENDO!
SUBISCI PER CASO ATTI DI BULLISMO?
ALLA PROVA D'ESAME HO OTTENUTO UN VOTO MOLTO ALTO E DA ALLORA UNA DELLE STUDENTESSE PIÙ GRANDI MI HA PRESA DI MIRA...
...E NON C'È GIORNO CHE MI TORMENTI CON LE SUE CATTIVERIE!

MI SCUSI! NON AVREI MAI VOLUTO COINVOLGERLA!
PERÒ...
SIGH
...SONO DISPERATA! NON SO PROPRIO COME USCIRNE!
SOB
LA PREGO!
?!
MI AIUTI, SIGNORE!
ABBRACC
MA CHE ...?!
CALMATI!
MI HANNO COSTRETTA A SCATTARE DELLE FOTO NUDA.
NUDA, HAI DETTO ?!
E SE NON PORTO LORO IL DENARO...
...MINACCIANO DI CARICARLE SU INTERNET.
NON SO DAVVERO COSA FARE.
UFF

SHAKE
CHE VAI A PENSARE, STUPIDO?!
RICORDA CHE HAI A CHE FARE CON UNA BAMBINA!
SHAKE
TI CHIAMI MIZUHARA, GIUSTO? ECCO... SAREI LIETO DI AIUTARTI, MA...
VUSH
... NON SO PROPRIO COME.
...!
SÌ, SE È QUELLO CHE VUOLE.
SIGNORE? QUALCOSA NON VA?
MA CERTO! QUELL'UOMO DI NOME USOBUKI...
...POTREBBE DISSUADERE LA PERSONA CHE PERSEGUITA QUESTA RAGAZZA!
FORSE... HO LA SOLUZIONE CHE FA AL CASO TUO.
EH?
CONOSCO UNA SPECIE DI RISOLUTORE CHE SBRIGA FACCENDE COME LA TUA. PROVERÒ A PARLARGLI.
DICE DAVVERO?!

LA RINGRAZIO TANTO, SIGNORE!
GRAB
SÌ, MA ORA LASCIAMI. CHISSÀ COSA PENSEREBBE LA GENTE VEDENDOTI ABBRACCIATA A UN VECCHIO COME ME.
MI SCUSI, MA L'UNICA COSA CHE MI PREME ORA È COME ESPRIMERLE LA MIA GRATITUDINE.
MI DICA, POSSEGGO FORSE QUALCOSA CHE LEI POSSA DESIDERARE DA ME?
AH AH! NO-NON MI DEVI PROPRIO NIENTE!
SAI, HO UNA FIGLIA PIÙ O MENO DELLA TUA ETÀ, QUINDI AIUTARE TE È COME AIUTARE LEI.
SUA FIGLIA È MOLTO FORTUNATA AD AVERLA COME PADRE.
A OGNI MODO, SMETTI DI PREOCCUPARTI!
FRUP
RITROVIAMOCI QUI DOMANI. PER ALLORA AVRÒ DI SICURO SISTEMATO TUTTO.
D'ACCORDO.

くすり
化粧品
会館

WHOOOOO
河会学
SKREE
SKREE
SKREE

SM Fetish Bar
ベラドンナ
* SM FETISH BAR BELLADONNA
L'HAI UCCISA?!
DUM
DUM
DUM
DUM
ABBASSI LA VOCE, PER CORTESIA. QUESTO LOCALE SARÀ ANCHE RUMOROSO, MA QUALCUNO POTREBBE SENTIRLA LO STESSO.
SAREBBE UN DISASTRO!
DUM
COMUNQUE, NON CAPISCO LA SUA SORPRESA. ERO CONVINTO DI AVERLE DETTO COME DI SOLITO RISOLVO LE QUESTIONI CHE MI VENGONO SOTTOPOSTE.
DUM
NIENTE AFFATTO!
L'OMICIDIO È UN ATTO RIPROVEVOLE!
DUM
DUM
DUM
SARÀ, MA IO LEGGO SOLLIEVO SUL SUO VOLTO. SU, BRINDIAMO!
ANCHE SE QUESTO NON È ALCOL.
STA SCHERZANDO, VERO?!

IO NON L'HO INGAGGIATA PER RISOLVERE LA QUESTIONE IN UN MODO COSÌ ORRIBILE!
QUELLA POVERA RAGAZZA...
...IN REALTÀ ERA A SUA VOLTA VITTIMA DI UNA AGUZZINA CHE LA MINACCIAVA OGNI GIORNO!
...
SIG
LE AVEVO PROMESSO CHE L'AVREI AIUTATA, CHE L'AVREI... PROTETTA!
E INVECE...
...HO FINITO PER CAUSARE LA SUA MORTE!
SOB
SIGH
UUH...!!!
LA SMETTA DI BLATERARE, SIGNOR SUZUMOTO.
DUM
DUM
DUM
?!

SA BENISSIMO CHE AL DI LÀ DELL'IPOCRISIA CHE STA SNOCCIOLANDO È SODDISFATTO CHE LE COSE SIANO ANDATE PROPRIO COME IN FONDO SPERAVA.
LA SUA MORTE L'HA LIBERATA NON SOLO DALL'ESTORSIONE IN ATTO, MA ANCHE DALLA CONTINUA TENTAZIONE DI VOLERSI APPROFITTARE DI LEI.
DUM
CO-SA?! NON PERMETTO...
...SIMILI INSINUAZIONI!
EDDAI, USOBUKI! DIVERTIAMOCI!
EH NO, MIO CARO SUZUMOTO. NON LE PERMETTERÒ DI NEGARE CIÒ CHE AI MIEI OCCHI ERA PIÙ CHE PALESE!
DUM
SA, L'HO VISTA MENTRE PARLAVA CON MIZUHARA.
?!
DUM
O FORSE NON SI È ANCORA ACCORTO...
...DEL SUO VERO SE STESSO?
DUM
ABBRACC
DAL SUO VOLTO ERA CHIARO: RIUSCIVA A MALAPENA A TENERE A BADA IL DESIDERIO CHE AVEVA PER LEI.
TU-TUM
CHE... COSA...?!
FINORA SI È SFORZATO DI CONDURRE UNA VITA RETTA, EVITANDO QUALSIASI ECCESSO O TENTAZIONE.
TUTTAVIA LE CHIEDO: È DAVVERO QUESTO CIÒ CHE VUOLE? L'UOMO CHE HO APPENA DESCRITTO È AUTENTICO O SOLO UNA MASCHERA?

SUZUMOTO, LEI È CONVINTO DI ESSERE UN BRAV'UOMO.
TU-TUM
TUTTAVIA, IN FONDO AL SUO CUORE C'È SEMPRE STATA QUELLA FIAMMELLA DI DESIDERIO INESPRESSO CHE...
...NON HA MAI SMESSO DI CHIEDERLE DI ESSERE ALIMENTATA, MALGRADO I SUOI SFORZI DI IGNORARLA.
TU-TUM
EBBENE MIZUHARA È STATA LA BENZINA CHE HA RESO LA FIAMMELLA UN FUOCO INARRESTABILE.
TU-TUM
TU-TUM
E FINO A QUANDO IL FUOCO NON TROVERÀ IL GIUSTO SFOGO...
IO ...
ANF
ANF
IO... IO NON...
TU-TUM
...CONTINUERÀ A BRUCIARLE DENTRO LOGORANDOLA OGNI GIORNO DI PIÙ.

VLSH
LA VEDE LA RAGAZZA DI SPALLE? È L'AGUZZINA DI MIZU-HARA.
!!!
!
PERCHÉ MI MO-STRA QUESTA FOTO?
MIZUHARA È MORTA A CAUSA DI QLESTA PERSONA.
FSHAAAA
NON PENSA CHE NECESSITI DI ESPIARE LA COLPA DI CUI SI È MAC-CHIATA?
• STAZIONE KOENJI
JR高円寺駅
AVREI DAVVERO DESIDERATO UNA RELAZIONE SESSUALE CON MIZUHARA?
KTANK
KTANK
KTANK
ASSURDO! IL SOTTO-SCRITTO È ESTRANEO A QUESTO GENERE...
...DI BASSI ISTIN...
!

TU-TUM
AH!!! AAAH!!!
FURTIV
そぉ
WSHA
GRAB
NO!!!
IO NON SONO UN DEPRA-VATO!!!

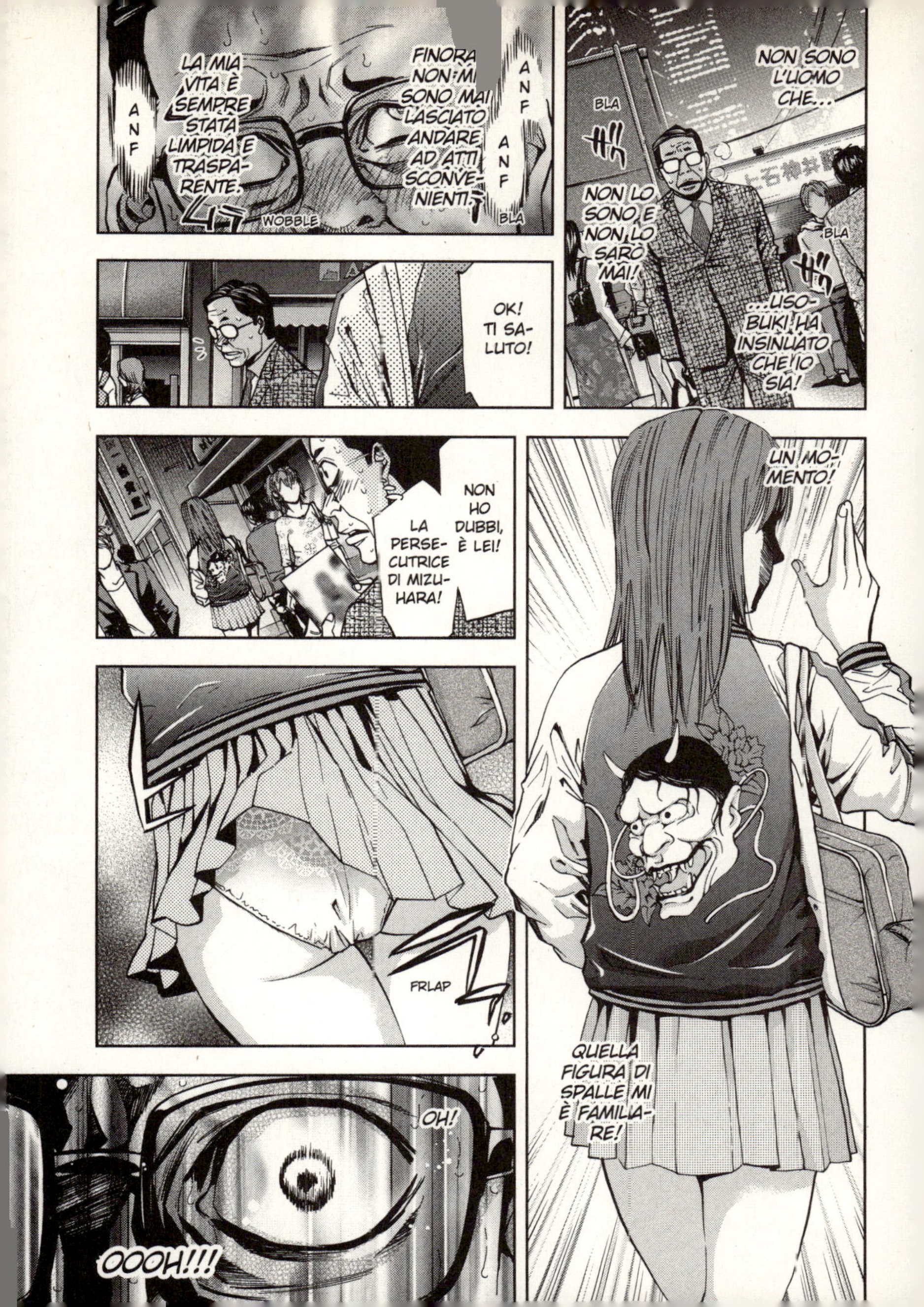
NON SONO L'UOMO CHE...
BLA
NON LO SONO E NON LO SARÒ MAI!
BLA
...USOBUKI HA INSINUATO CHE IO SIA!
ANF ANF
BLA
FINORA NON MI SONO MAI LASCIATO ANDARE AD ATTI SCONVENIENTI!
LA MIA VITA È SEMPRE STATA LIMPIDA E TRASPARENTE.
ANF
WOBBLE
OK! TI SALUTO!
UN MOMENTO!
QUELLA FIGURA DI SPALLE MI È FAMILIARE!
NON HO DUBBI, È LEI!
LA PERSECUTRICE DI MIZUHARA!
FRLAP
OH!
OOOH!!!

TAP
TAP
TAP
!!!
GRAB
MMMMH!
!!!
NGH!
QUESTA È...
DIMENA
DIMENA
GRAAAB
...LA GIUSTA PUNIZIONE PER LA TUA COLPA.
NGAAAH

È VERO! ALTRO CHE SE AVREI VOLUTO SPASSARMELA CON QUELLA RAGAZZINA!
E LEI MI AVREBBE ACCOLTO A BRACCIA APERTE!
HA TENTATO DI SEDURMI DA SUBITO! NON MI HA FORSE ABBRACCIATO?
ANCHE LEI, COME ME, SPERAVA CHE FRA NOI CI FOSSE DI PIÙ!
E ACCIDENTI SE...
...CI SAREBBE STATO! ERA INEVITABILE E CI ERAVAMO VICINI! MA NON AVEVAMO TENUTO CONTO DI QUESTA GUASTAFESTE!
È TUTTA COLPA DI QUESTA...
...TEPPISTA!
STRITOLA
STRITOLA
SEI SOLO UNA PUTTANELLA CHE NELLA VITA NON COMBINERÀ...
...NULLA DI BUONO!
STRITOLA
PERCHÉ A PRESCINDERE DA QUESTO CORPICINO NIENTE MALE È CHIARO CHE HAI IL CERVELLO DI UNA ZUCCA!
STRITOLA
È A CAUSA TUA SE LA SITUAZIONE È PRECIPITATA!
...PÀ...
?

PAPÀ... FERMATI... TI PRE-GO!
MAMI?
EH?
SHWUP
COSA...?
NON PUÒ ESSERE...
CHE SIGNIFICA?
COSA CI FA QUI MIA FIGLIA MAMI?

NON È POSSIBILE!!!
あぁああ
AAAAH
AAAAH!!!
...
MAAAMI!!!
DA UNA FECCIA DI PADRE NON POTEVA VENIR FUORI CHE UNA FECCIA DI FIGLIA.
HAI AVUTO CIÒ CHE MERITAVI, VECCHIO!
TI SEI PERMESSO DI ATTEGGIARTI A SAMARITANO OFFRENDOMI IL TUO AIUTO, QUANDO INVECE...
...LA CAUSA DI TUTTE LE MIE SOFFERENZE ERA LA TOTALE INCAPACITÀ CHE HAI DIMOSTRATO NELL'EDUCARE QUEL MOSTRO DI TUA FIGLIA!!!
WHAAA
...
QUEST'EPILOGO TI SODDISFA?

...
OVVIAMENTE.
MEGLIO DI COSÌ NON POTEVA FINIRE.
CHE PENA MI FANNO...
SHAAA
...GLI UMANI.

TU-TUM
TU-TUM
EPISODIO 5: L'uomo che ha amato troppo la sua famiglia
...
BASTARDI VIGLIACCHI!
BIP
BIP
BIP
IL DOLORE CHE AVETE INFLITTO ALLA MIA FAMIGLIA...
...PRESTO VI SI RITORCERÀ CONTRO.
È ARRIVATO IL MOMENTO DI PAGARE IL CONTO DELLE VOSTRE MALEFATTE.
TU-TUM
SBATTERETE LA FACCIA CONTRO LA DURA REALTÀ!

EPISODIO 5: L’uomo che ha amato troppo la sua famiglia

FRUSH
AAAH...
SONO A CASA, YOSHIE.
SILENZIO
...

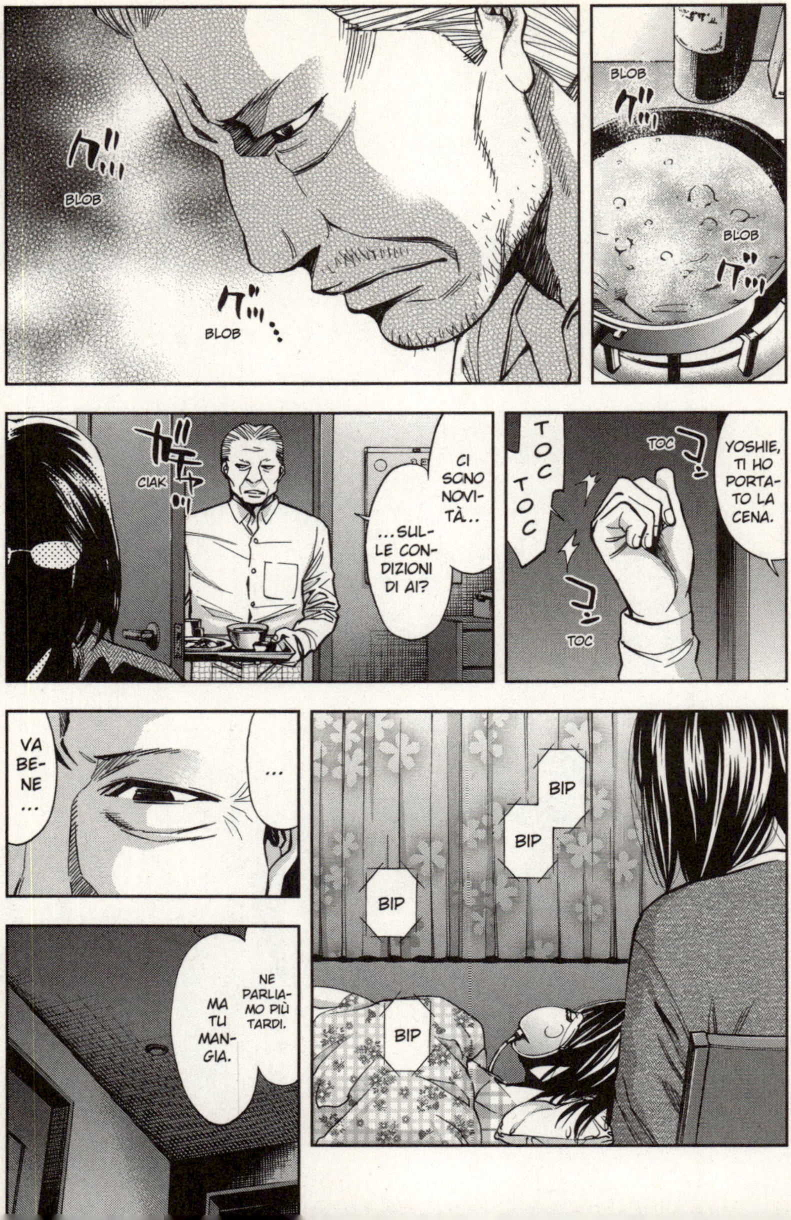
BLOB
BLOB
BLOB
BLOB
TOC TOC TOC TOC
TOC
TOC
YOSHIE, TI HO PORTATO LA CENA.
CIAK
CI SONO NOVITÀ...
...SULLE CONDIZIONI DI AI?
BIP
BIP
BIP
BIP
...
VA BENE...
NE PARLIAMO PIÙ TARDI.
MA TU MANGIA.

DAN-
NAZIO-
NE!
PERCHÉ MIA FIGLIA DEVE SU-
BIRE TUTTO QUESTO?!
VROOOOM
GRAB
ZSHAAAA
DUM
SDONG

DOTTORE!!!
COME STA, AI?!
SI È RIPRESA?!
SIAMO RIUSCITI A SALVARLE LA VITA, MA...
...È IMPROBABILE CHE RIPRENDERÀ MAI CONOSCENZA.
DIGRIGN
QUEI BASTARDI ME LA PAGHERANNO CARA!
NON GLIELA FARÒ PASSARE LISCIA!

ECCO I BORSEGGIATORI CHE HANNO MANDATO IN COMA MA FIGLIA.
TAKEOMI MUTO, 17 ANNI E ATSUSHI NUMATABE, 16 ANNI.
E IL LEADER DEL GRUPPO MAKOTO KUROKAWA, 17 ANNI.
SIGNOR KADOKURA, COME FA A CONOSCERE LE LORO IDENTITÀ? SONO MINORENNI.
CI SONO ARRIVATO DA SOLO DOPO LUNGHE E ACCURATE RICERCHE.
NON HO AVUTO SCELTA, VISTO CHE LA POLIZIA CONTINUAVA A TRINCERARSI DIETRO LA SEGRETEZZA DELLE INDAGINI.
QUAL TENACIA!
OVVIAMENTE!
WHAAA

ABBIAMO AVUTO NOSTRA FIGLIA DOPO ANNI DI TENTATIVI FALLITI...
...E POI ARRIVANO QUEI TRE TEPPISTI E LE FANNO DEL MALE SENZA NEMMENO PENTIRSENE!
NON SONO ALTRO CHE FECCIA INCAPACE DI COMPRENDERE IL DOLORE ALTRUI!!!
PERCIÒ LE CHIEDO DI PUNIRLI NELL'UNICO MODO POSSIBILE PER FAR CAPIRE LORO...
...LA GRAVITÀ DI CIÒ CHE HANNO FATTO!
DEVE IMPEDIRE LORO QUALSIASI FUGA DALLE RESPONSABILITÀ E SOPRATTUTTO DALLA REALTÀ!
REALTÀ...
...EH?
VA BE'.
ACCETTO L'INCARICO.
LA RINGRAZIO.
IN CONCLUSIONE, LE DO UN CONSIGLIO INDESIDERATO: SI FACCIA UN BAGNO.
?

MI SCUSI LA FRANCHEZZA, MA LEI... PUZZA.
E ANCHE MOLTO. UH UH...
GYAAH AH AH!
RIESCI A RIBATTERE ALMENO UNA PALLA?!
NGAAAAH!!!
VUM
EH EH! HAI MESSO SU TROPPA CICCIA, ATSUSHI!
MPF!
UH UH...
FATTI I CAZZI TUOI, TAKEOMI!
E TU CHI SARESTI?

TADASHI USOBUKI.
L'UOMO CHE...
...È STATO INGAGGIATO PER... UCCIDERE VOI TRE.
DAAAN
DI CHE BLATERI? MA SEI SCEMO?
UCCIDERCI... HAI DETTO?
E COME, SMILZO COME SEI?! PROVACI E...
WSHAM
...USERÒ LA TUA TESTA COME PALLA DA BASEBALL!

FSHAAA
MA CHE...
?!
UH
SONO PARALIZZATO...
UH
SE VUOI UCCIDERMI CON UN SOLO COLPO TI CONVIENE...
... CAMBIARE ARMA.
VUSH
CHE TI PRENDE, ATSUSHI?
?!
TIENI, USA IL COLTELLO.
!
CLANG
CHE HAI IN MENTE?
GLARE
LA MOSSA DI OFFRIRCI UN'ARMA DA TAGLIO QUANDO TI ABBIAMO APPENA MINACCIATO NON ME LA BEVO!

TSK! PENSAVI DI GIOCARCI QUALCHE BRUTTO TIRO?
SPIACENTE, MA SIAMO MINORENNI E LA LEGGE CI COPRE QUALSIASI COSA FACCIAMO.
VUSH
POSSIAMO PERFINO UCCIDERTI E DIRE CHE È STATA LEGITTIMA DIFESA PER CAVARCELA ALLA GRANDE!
DASH
KYAH AH!!! CREPA!!!
SZOCK
MIAO! ★
EH?
...
COME FA A STARE ANCORA IN PIEDI?!
TI STAI CHIEDENDO DEL PERCHÉ IO NON PROVI DOLORE?
SSSH

SEMPLICE. MI SONO CONVINTO DI NON PROVARE DOLORE.
OTTENENDO UN EFFETTO ANESTETICO.
GLI UMANI QUANDO VANNO IN TRANCE OTTENGONO IL COMPLETO CONTROLLO SUI PROPRI SENSI.
UNA VOLTA INVIATO AL CERVELLO IL MESSAGGIO DI ASSENZA DI DOLORE, NON SI SENTE NULLA A PRESCINDERE DAL COLTELLO CONFICCATO E DALLA FUORIUSCITA DI SANGUE.
ECCO PERCHÉ NON STRAMAZZO AL SUOLO IN PREDA A DOLORI LANCINANTI.
PROVATE ANCHE VOI! CHISSÀ, POTRESTE RIUSCIRCI.
CHI DIAVOLO È...
...QUESTO PSICOPATICO?!
OH, MA VOI GIÀ LO FATE! I VOSTRI CUORI SONO ANESTETIZZATI AL DOLORE, GIUSTO?
TUTTAVIA, FUGGIRE DAL DOLORE È FACILE QUANTO...
...DIFFICILE È SCAPPARE DALLA REALTÀ.

ARRI-VEDER-CI...
...E A PRE-STO.
KTONK
KTONK
MA CHI È QUEL-LO?!
BOH!
CAL-MATEVI, TUTTI E DUE!
PIUTTOSTO RIFLETTIA-MO SU CIÒ CHE HA BLATERATO QUELLO PSICOPA-TICO!
HA DETTO CHE ERA STATO INGAGG-IA-TO...
...PER UCCI-DERCI.
DIGRIGN
120
120
"QUELLA REALTÀ PER CUI...
...IO VI UCCI-DERÒ."

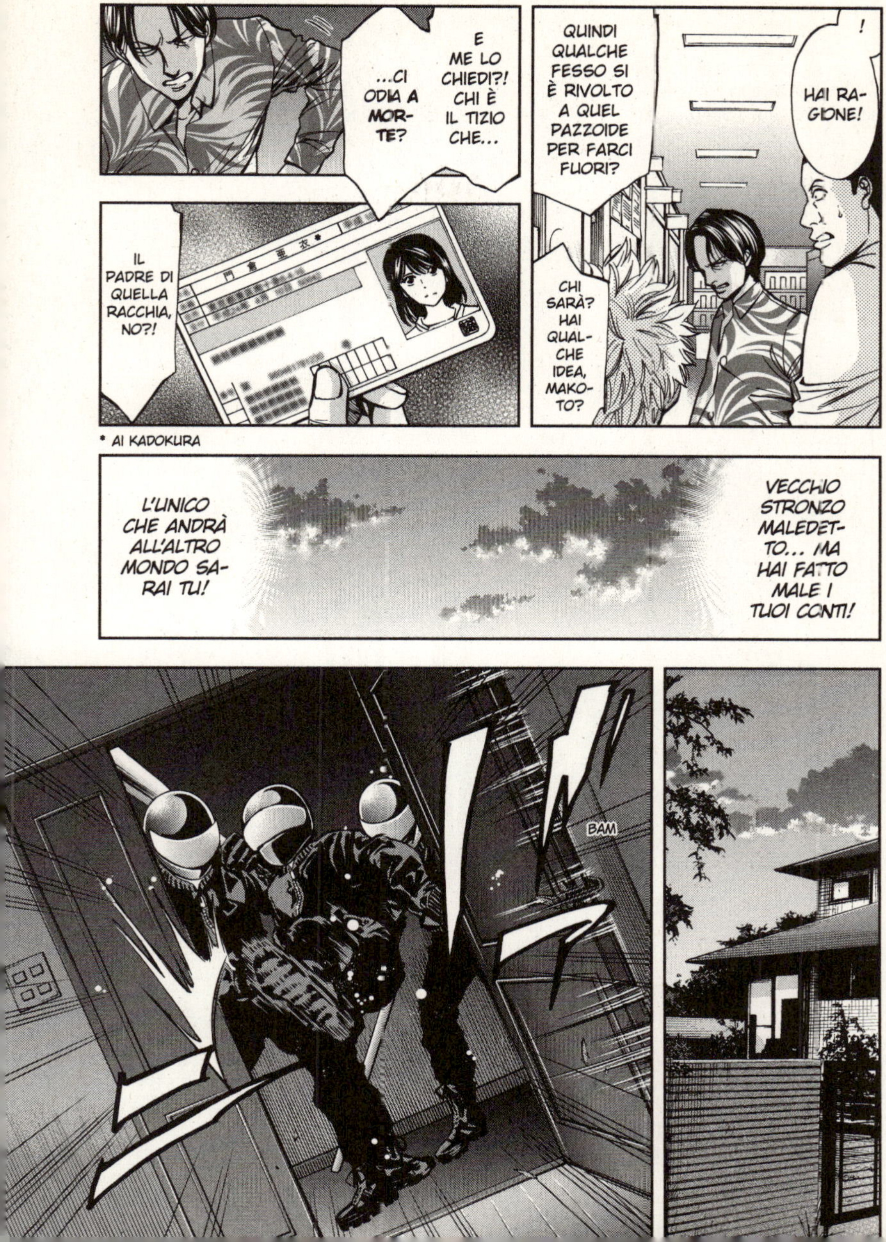
!
HAI RAGIONE!
QUINDI QUALCHE FESSO SI È RIVOLTO A QUEL PAZZOIDE PER FARCI FUORI?
CHI SARÀ? HAI QUALCHE IDEA, MAKOTO?
E ME LO CHIEDI?! CHI È IL TIZIO CHE...
...CI ODIA A MORTE?
IL PADRE DI QUELLA RACCHIA, NO?!
VECCHIO STRONZO MALEDETTO... MA HAI FATTO MALE I TUOI CONTI!
L'UNICO CHE ANDRÀ ALL'ALTRO MONDO SARAI TU!
BAM

* AI KADOKURA

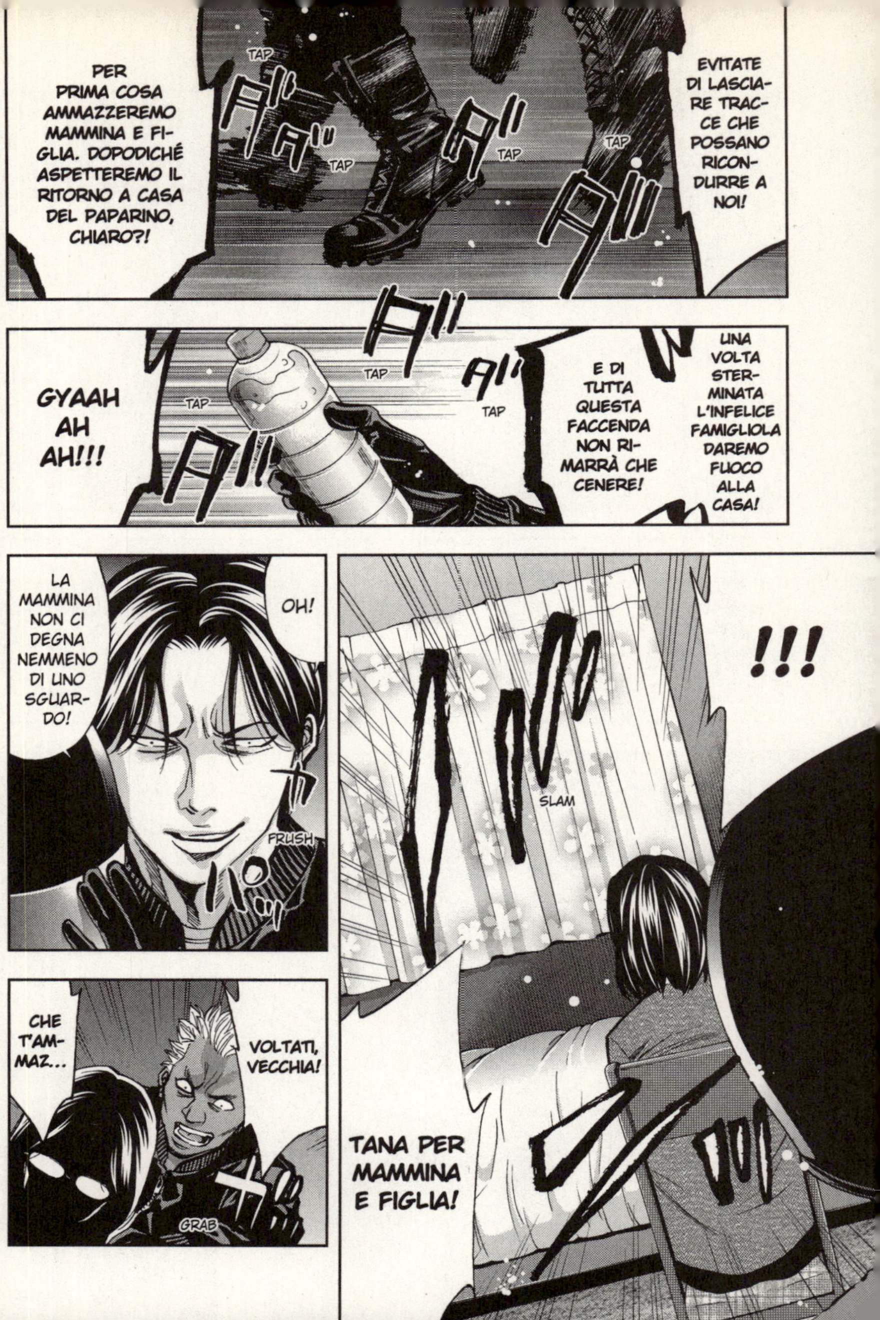
EVITATE DI LASCIARE TRACCE CHE POSSANO RICONDURRE A NOI!
TAP
TAP
PER PRIMA COSA AMMAZZEREMO MAMMINA E FIGLIA. DOPODICHÉ ASPETTEREMO IL RITORNO A CASA DEL PAPARINO, CHIARO?!
TAP
TAP
UNA VOLTA STERMINATA L'INFELICE FAMIGLIOLA DAREMO FUOCO ALLA CASA!
E DI TUTTA QUESTA FACCENDA NON RIMARRÀ CHE CENERE!
TAP
TAP
TAP
GYAAH AH AH!!!
!!!
SLAM
TANA PER MAMMINA E FIGLIA!
OH!
LA MAMMINA NON CI DEGNA NEMMENO DI UNO SGUARDO!
FRUSH
VOLTATI, VECCHIA!
CHE T'AMMAZ...
GRAB

THUD
EHI, MA...
...È...
...MORTA?!
UH UH... È LA PRIMA VOLTA CHE VEDETE UN CADAVERE?
!!!
AH!
USO-BUKI!!!
WSHAM

LA VECCHIA L'HAI UCCISA TU?
TAP
TAP
NO...
TAP
TAP
NON AVVICI-NARTI! STACCI LONTANO!
FER...
...MO!
SZOCK
GRIII
FA MALE...
... VERO?

SLASH
!!!
AGAH...
SZOCK
AH...
VI AUGURO DI ANDARE ALL'ALTRO MONDO...
...IN PREDA AD ATROCI DOLORI.
...AH...AAH...
ADDIO.

MA ...
... COSA ...?!
WHOOOO
BENTORNATO A CASA, SIGNOR KADOKURA.
TU, USOBUKI?
CHE DIAMINE È ACCADUTO QUI?!
TEMO CHE QUANDO MI SONO TRAFITTO L'ADDOME CON QUESTO COLTELLO GIOCATTOLO QUEI RAGAZZI ABBIANO CREDUTO DI VEDERE SCORRERE DEL SANGUE, IN REALTÀ, INESISTENTE.
PUSH
E ORMAI CONVINTI CHE IL COLTELLO IN MIO POSSESSO FOSSE VERO, NELL'ISTANTE IN CUI L'HO USATO SU DI LORO HANNO PENSATO...
...DI ESSERE STATI REALMENTE COLPITI.

UH UH... MALGRADO FOSSERO ILLESI, SONO MORTI PERCHÉ PRIGIONIERI DI UNA REALTÀ ESISTENTE SOLO NEL-LA LORO TESTA.
BUFFO, NON TRO-VA?
OH, NO!
YO-SHIE!
EHI, YOSHIE!
COM'È SUCCES-SO?!
GRAB
OD-DIO, È MOR-TA!
LEI NE SA NUL-LA?!
KTONK
MMH...
KTONK
VUSH
VEDE QUESTO COLTELLO? È VERO.
E LO USE-RÒ...
...PER UCCIDERE UN'ALTRA PERSONA QUI PRE-SENTE.
MA... MA...
CHE DICI?
CHI ALTRO DOVRESTI... UCCIDERE?

SZOCK

UWAAAAH!
BASTARDO!
CHE COSA HAI FATTO?!
GRAB
HAI PUGNALATO MIA FIGLIA?!
UN'AMBULANZA!
DEVO CHIAMARE UN'AMBULANZA!
ANCHE PER LEI È ARRIVATO IL MOMENTO DI GUARDARE LA REALTÀ. QUELLA VERA.
COS'HAI FATTO ALLA MIA BAMBINA?!
LEI È UN UOMO TROPPO COCCIUTO PER I MIEI GUSTI.
VUSH
MA COSA...?!
PUSH

SUA FIGLIA È MORTA DA UN BEL PEZZO ORMAI.
TU-TUM
BIP
BIP
BIP
BIP
BIP
WSHAM
AMORE MIO, AI È...!
AI È... MORTA!!!
BIP

COME? MA COSA DICI?!
AI! SVEGLIATI, AI!
APRI GLI OCCHI, PICCOLA MIA!
BIP
BIP
BIP
CALMATI, TESORO!
NON PUÒ ESSERE!
AI È MORTA!
ACCETTA...
TACI!!!
DUM
AMORE...
...MIO...
SWHUP
WSHAM
EH?
YOSHIE...?
NON ESAGERARE ADESSO, TI HO SOLO SFIORATA COL GOMITO. ALZATI, SU!
FORZA, YOSHIE! SMETTILA DI SCHERZARE!
HO CAPITO, TU E AI AVETE DECISO DI BURLARVI DI ME, EH? AH AH AH!

SUA MOGLIE E SUA FIGLIA SONO MORTE DA TEMPO.
WSHA
ORA HA CAPITO? LA PRIMA PERSONA CHE STAVA SCAPPANDO DALLA REALTÀ...
...ERA PROPRIO LEI.
SAPETE, ERA DA PARECCHIO CHE NON MI CIMENTAVO IN CUCINA, MA QUESTA SERA...
...PAPÀ HA DECISO DI SFOGGIARE TUTTA LE SUE ABILITÀ CULINARIE!
SHAAAA
NON ESSERE COSÌ ARRABBIATA, AI!
TI ASSICURO CHE QUESTI TRE GIOVANOTTI SI SONO PENTITI!
IO E LA MAMMA CI ABBIAMO PARLATO E SI SONO RIVELATI DEI BRAVI RAGAZZI!
AH AH AH!

È PROPRIO VERO QUANDO SI DICE CHE A TAVOLA PIÙ SI È E MEGLIO È!
VERO, AI?

A QUANTO PARE...
...IL RITORNO ALLA REALTÀ...
...PER QUEL POVER'UOMO È STATO PEGGIO CHE PRECIPITARE ALL'INFERNO.
A FUOCO UN'ABITAZIONE
NELLO STABILE BRUCIATO SONO STATI RINVENUTI TRE CADAVERI RICONDUCIBILI ALLA FAMIGLIA RESIDENTE E TRE CADAVERI DALL'IDENTITÀ SCONOSCIUTA.
TROVATA UNA BOTTIGLIETTA DI PLASTICA CHE AVREBBE CONTENUTO DEL LIQUIDO INFIAMMABILE.
CHE TRISTEZZA SONO...
...GLI UMANI.
MIAAAAO

EPISODIO 4: Non degna di essere madre
WHOOOOO
SIGNORA MIYABI AZUMA, DICO BENE?
ED È VENUTA DA ME PER... EHM... PER...
PERCHÉ TENTENNI?
WHOOOO
COS'È, VUOI FARMI LA PREDICA?
TI ASSICURO CHE IO STESSA HO AVUTO DEGLI SCRUPOLI ALL'INIZIO E SO BENE DI ESSERE UNA PERSONA PESSIMA.
SÌ, MA ...
...VORREI CHE ME LO RIPETESSE.
E VA BENE.

VOGLIO CHE UCCIDI...
AAH...
KYAH KYAH
...MIO FIGLIO.
EPISODIO 6: Non degna di essere madre

COME SI CHIAMA?
HARUKI.
NOME ORRENDO, VERO? ME LO HA IMPOSTO LA MEGERA.
KYAH
KYAH
HO SEMPRE SAPUTO DI NON ESSERE TAGLIATA PER FARE LA MADRE...
...ED ECCO PERCHÉ SONO ARRIVATA A QUESTO PUNTO.
WHOOOO
SIA CHIARO, NON MI STO GIUSTIFICANDO.
È SOLO CHE... SOLTANTO A GUARDARE LA FACCIA DI QUESTA PIATTOLA MI FA VENIRE VOGLIA...
...DI FARLO SPARIRE ALL'ISTANTE DALLA MIA VITA!
DIGRIGN
HO SOLTANTO DICIANNOVE ANNI E PRIMA DI PERDERE IL TRENO PER IL FUTURO DEVO SBARAZZARMI DEL MARMOCCHIO...
...CHIARO?
WHOOOO
PUOI DUNQUE PROCEDERE, USOBUKI.

PANCAKE·YOKOTA
KTONK
SEMBRA CHE TI DIVIDA FRA QUESTA CAFFETTERIA E IL PARCO.

TI STAVO CERCANDO, TADASHI USOBUKI!
DAVVERO?
E MI DICA, LEI CHI È?
NON PUOI NON RICORDARTI DI ME! SONO IL SERGENTE TADA DEL DIPARTIMENTO DI POLIZIA METROPOLITANA DI SUGINAMI NORD! YOME ERA IL MIO DIRETTO SUPERIORE!
STAVO SCHERZANDO.
MI RICORDO DI LEI.
E BEN RAMMENTO LA DISSOLUTA ISPETTRICE DI POLIZIA DI NOME YOME. ♪
A PROPOSITO, COME STA?
HAH!
SE LA TUA È UNA BATTUTA, NON È DIVERTENTE!

LA PREGO DI ABBASSARE LA VOCE, SERGENTE TADA.
NON VORREI CHE DISTURBASSE I CLIENTI DI QUESTA CAFFETTERIA CHE È ANCHE IL MIO AMATO RIFUGIO.
SE VUOLE DIRMI QUALCOSA, LA INVITO A SEDERSI AL MIO TAVOLO. PREGO.
...
COUGH
KTANK
SARÒ DIRETTO, USOBUKI!
TU... CHI DIAVOLO SEI?
È DALLA MORTE DI YOME CHE NON SMETTO DI INDAGARE SU DI TE.
PECCATO CHE MALGRADO GLI SFORZI FATTI NON SIA RIUSCITO A TROVARE ALCUN DATO SULLA TUA STESSA ESISTENZA.

DI CERTO TI SARAI ACCORTO DEL COSTANTE PEDINAMENTO CHE STAI SUBENDO DA NOI POLIZIOTTI.
TUTTAVIA... OGNI VOLTA SIAMO PROSSIMI ALLO SCOPRIRE QUALCOSA DI TE, ECCO CHE SCOMPARI NEL NULLA. L'UNICA COSA CHE SIAMO RIUSCITI A SAPERE È CHE TI PIACE FREQUENTARE QUESTO LOCALE, OLTRE AL SOLITO PARCO.
HAI AVUTO QUALCHE INGAGGIO DI RECENTE?
PERCHÉ UCCIDI LA GENTE?!
...
SERGENTE TADA... IO PROPRIO NON CAPISCO DI COSA PARLA.
IO NON HO UCCISO PROPRIO NESSUNO.
MI LIMITO A GUARDARE LE PERSONE MORIRE A SEGUITO DI ASSURDE CONVINZION...
!
SVU-SVUSH
PERCHÉ UCCIDI LA GENTE?

COSA PRENDE?
EH?!
AH... EHM... DEL CAFFÈ, GRAZIE.
A PROPOSITO, SERGENTE.
QUESTO PANCAKE È IL MIO PREFERITO, LO MANGI PURE.
ALLE SUE DOMANDE RISPONDERÒ SOLO DOPO.
VUSH

EH?
CI HA MESSO SICURAMENTE QUALCOSA!
UH UH... CHE LE PRENDE?
IO NON PARLO CON CHI NON È IN GRADO DI RISPETTARE LE REGOLE BASILARI DELLA CONVIVIALITÀ.
AH
SZOCK
MUNCH

...
GLOM
E ORA PARLA! PERCHÉ UCCIDI LE PERSO...
PIRIRIRIRIN PIRIRIRIRIN
VISTO?
ERI CONVINTO CHE PER PAURA DI RIMETTERCI LE PENNE NON AVREI MANGIATO, VERO?!
BEN TI STA, SCEMO!
!
BIP
PRONTO, SONO TADA. EH?
ABBIAMO UN CASO?! SÌ, VENGO SUBITO!
...
USOBUKI! RIPRENDEREMO LA NOSTRA CONVERSAZIONE IL PRIMA POSSIBILE!
VEDRAI! IL SOTTOSCRITTO RIUSCIRÀ A FARTI CONFESSARE, DOPODICHÉ TI METTERÀ LE MANETTE AI POLSI! RICORDA LE MIE PAROLE!
BIP
UFF...
PUNT

SIGNORINA, PAGO IO! E TENGA IL RESTO!
EHM... MI SPIACE, MA QUESTI SOLDI NON SONO SUFFICIENTI.
COOOSA?! DAVVERO?!
...
AAAH...
SI È APPENA RIFATTO VEDERE QUALCUNO DI...
...BEN PIÙ PROBLEMATICO DELL'ISPETTORE YOME.
SDOM
DU-DUM
SDOM
WHAAA

DUM
DUM
OH, MIYABI... SONO PAZZO DI TE!
PCHU
CHU
ANCH'IO. ♥
CHE NE DIRESTI DI ANDARCENE VIA?
TI VOGLIO. NON CE LA FACCIO PIÙ AD ASPETTARE!
ANF
ANF
ANF
ANCH'IO TI DESIDERO, SHUJI!
!
KTONK
KTONK
ALLORA NON CI RESTA CHE ANDARE A CASA TUA!
VIVI DA SOLA, NO?!
VERAMENTE... NON PROPRIO ...
SAI, IO...
...HO UN BAMBINO. È ANCORA PICCOLO, PERCIÒ NON PENSO CHE CI DARÀ NOIA.
CHEEE?! TU AVRESTI UN BAMBINO?!
MI SPIACE PER TE, MA PROPRIO NON CI SIAMO!

UN POPPANTE IN GIRO ME LO FAREBBE SOLO CHE AMMOSCIARE, PERCIÒ...
...PER STASERA VADO A CERCARMI QUALCUN'ALTRA.
EH? ASPETTA!
PARLIAMONE!
KTONK
KTONK
KTONK
DIGRIGN
MALEDETTA PALLA AL PIEDE!!!
GYAAAH!!!

SMETTILA DI FRIGNARE! SONO IO QUELLA CHE DOVREBBE PIANGERE A DIROTTO! SOPRATTUTTO ORA CHE...
...LO STRONZO CHE DOVEVA FARTI FUORI SI È TIRATO INDIETRO!
STRITOLA
STRITOLA
GYAAAAH!!!
TUTTA COLPA DI QUEL BASTARDO DI USOBUKI!
COSA?! CI HAI RIPENSATO?!
PROPRIO COSÌ.
MA È ASSURDO!
EHI, NON PUOI ANDARTENE COSÌ!
COS'È, AMMAZZARE BAMBINI TI FA RIMORDERE LA POCA COSCIENZA CHE HAI?!

TRAGGA PURE LA CONCLUSIONE CHE PIÙ LE AGGRADA, SIGNORA AZUMA.
WSHA
LA SALUTO!
VUOI CHIUDERE QUEL FORNO DI BOCCA?! O T'AMMAZZO IO, CON LE MIE MANI!
WEEEEH
ほぎゃあああ
PIRIRIRIRI PIRIRIRIRI
あ あ WAAAH
!
BIP
SONO USOBUKI. HO PROVVEDUTO A ULTIMARE I PREPARATIVI PER ADEMPIERE ALL'INCARICO.
!!!

HO TROVATO IL LUOGO PERFETTO PER INSCENARE UNO SFORTUNATO E TRAGICO INCIDENTE.
IL TUTTO DOVRÀ ESSERE FATTO SEGUENDO ALLA LETTERA LE MIE INDICAZIONI. LE VA BENE?
UN MOMENTO! MI STAI DICENDO CHE HAI DI NUOVO CAMBIATO IDEA?!
...
OVVIO CHE MI VA BENE!
MPF, VA BENE.
TAP
DOMANI MATTINA...

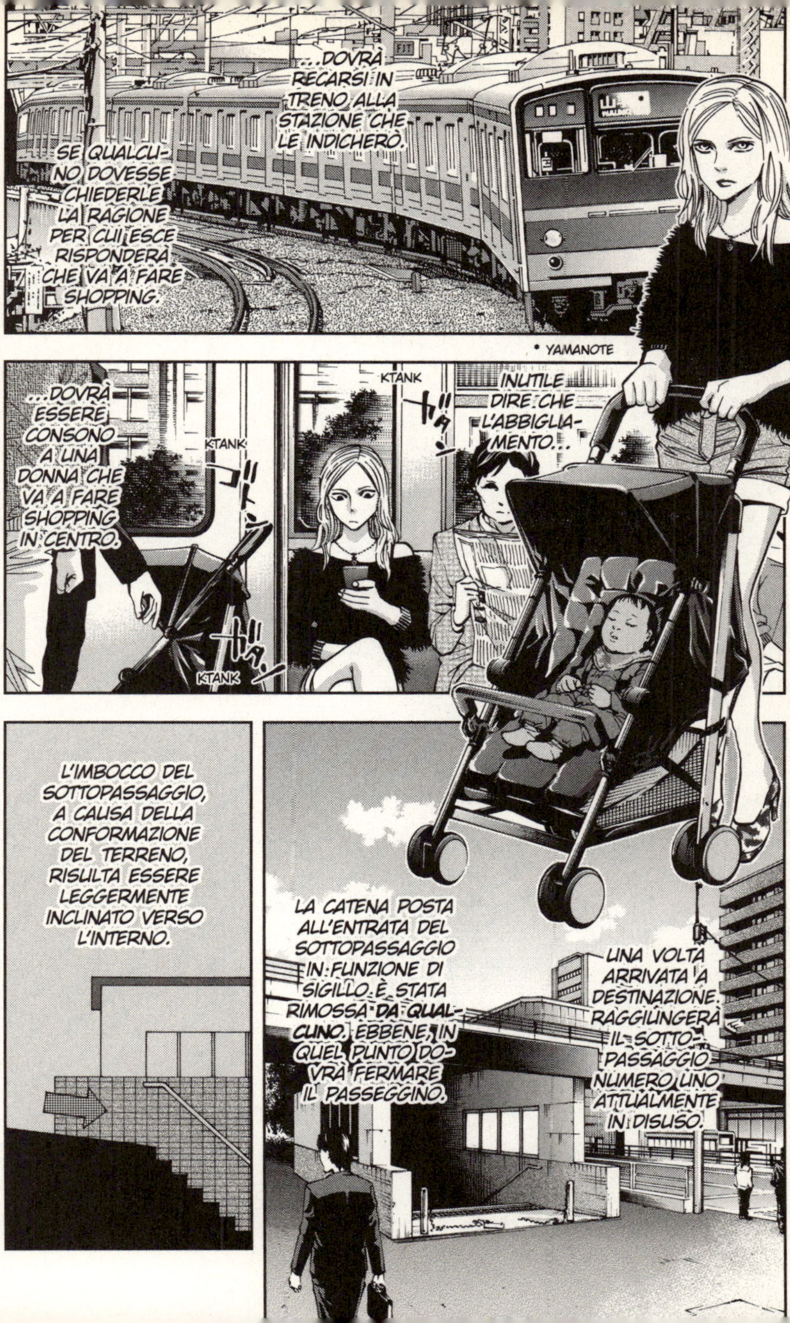
...DOVRÀ RECARSI IN TRENO ALLA STAZIONE CHE LE INDICHERÒ.
SE QUALCUNO DOVESSE CHIEDERLE LA RAGIONE PER CUI ESCE RISPONDERÀ CHE VA A FARE SHOPPING.
* YAMANOTE
INUTILE DIRE CHE L'ABBIGLIAMENTO...
KTANK
KTANK
...DOVRÀ ESSERE CONSONO A UNA DONNA CHE VA A FARE SHOPPING IN CENTRO.
KTANK
UNA VOLTA ARRIVATA A DESTINAZIONE, RAGGIUNGERÀ IL SOTTOPASSAGGIO NUMERO UNO ATTUALMENTE IN DISUSO.
LA CATENA POSTA ALL'ENTRATA DEL SOTTOPASSAGGIO IN FUNZIONE DI SIGILLO È STATA RIMOSSA DA QUALCUNO. EBBENE, IN QUEL PUNTO DOVRÀ FERMARE IL PASSEGGINO.
L'IMBOCCO DEL SOTTOPASSAGGIO, A CAUSA DELLA CONFORMAZIONE DEL TERRENO, RISULTA ESSERE LEGGERMENTE INCLINATO VERSO L'INTERNO.

LEI FINGENDO DI ESSERE PRESA DA UNA TELEFONATA...
...VOLGERÀ LE SPALLE AL PASSEGGINO...
SKREEE
...A CUI AVRÀ DISATTIVATO IL SISTEMA FRENANTE.
KTANK
DA PASSANTE OCCASIONALE NON SI SAREBBE MAI ACCORTA DELLA LEGGERA PENDENZA DI QUEL PUNTO...
KTANK
...PERCIÒ, A PARTE BIASIMARLA PER LA SUA SBADATAGGINE, NESSUNO MAI POTRÀ ACCUSARLA DI ALCUN CRIMINE.
INOLTRE IL SOTTOPASSAGGIO IN QUESTIONE NON HA TELECAMERE DI SORVEGLIANZA, QUINDI...
KTATANK
...NEL CASO IL PASSEGGINO ARRIVASSE IN FONDO ALLE SCALE CON L'OBIETTIVO ANCORA VIVO...
SKRAANK
...SARÒ IO...
...A INFLIGGERE IL COLPO DI GRAZIA!

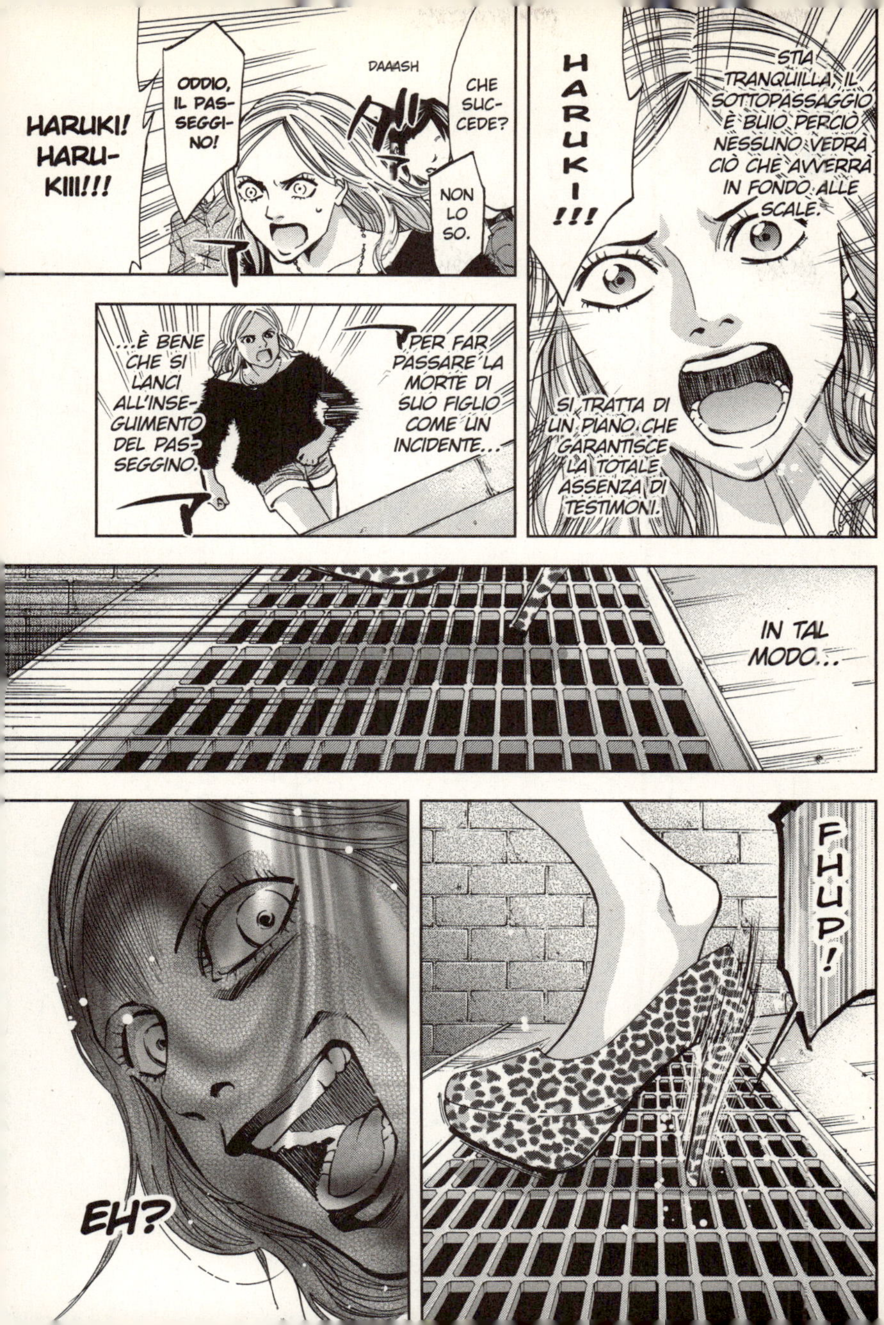
HARUKI!!!
STIA TRANQUILLA, IL SOTTOPASSAGGIO È BUIO PERCIÒ NESSUNO VEDRÀ CIÒ CHE AVVERRÀ IN FONDO ALLE SCALE.
SI TRATTA DI UN PIANO CHE GARANTISCE LA TOTALE ASSENZA DI TESTIMONI.
CHE SUCCEDE?
NON LO SO.
DAAASH
ODDIO, IL PASSEGGINO!
HARUKI! HARUKIII!!!
PER FAR PASSARE LA MORTE DI SUO FIGLIO COME UN INCIDENTE...
...È BENE CHE SI LANCI ALL'INSEGUIMENTO DEL PASSEGGINO.
IN TAL MODO...
FHUP!
EH?

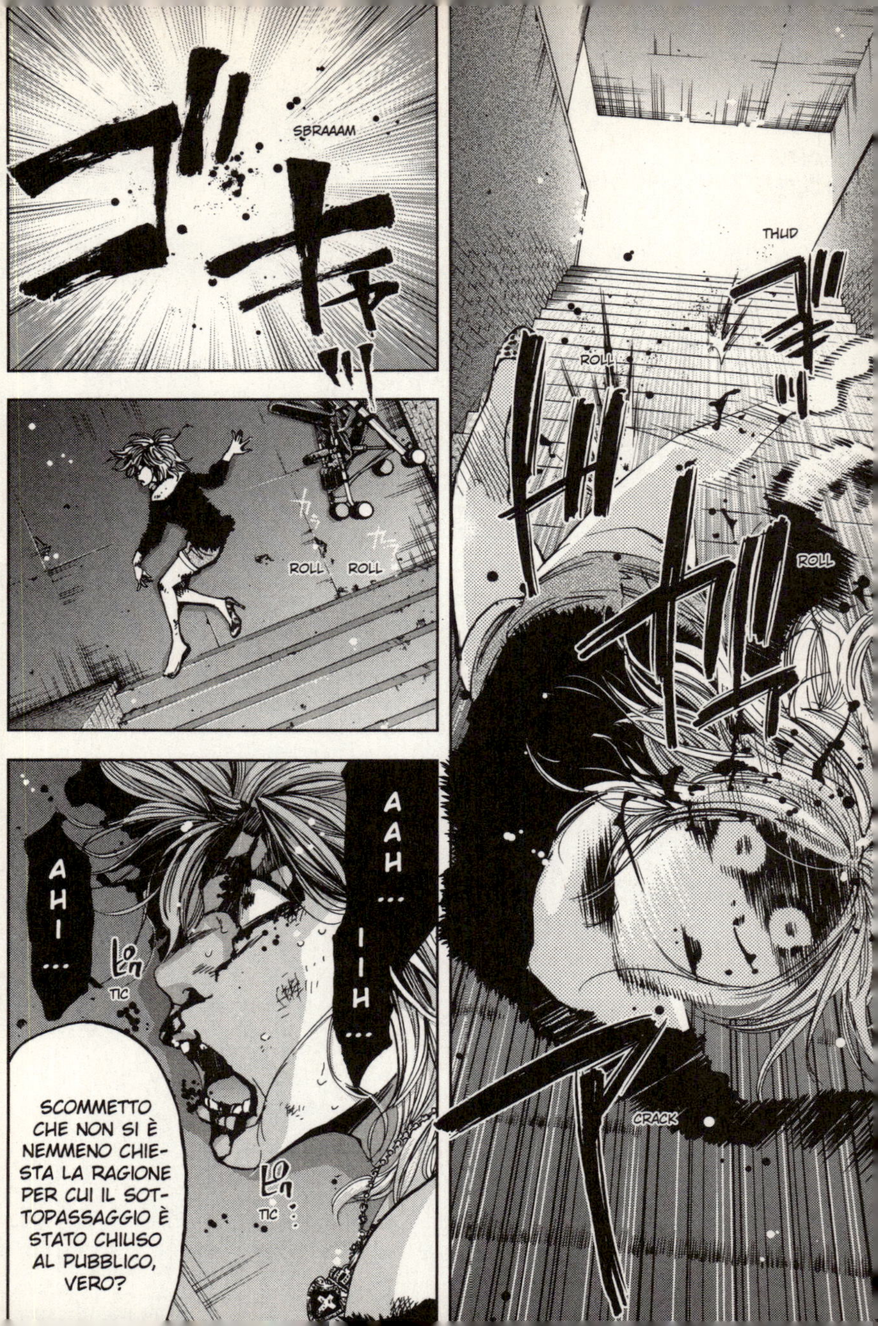
THUD
ROLL
ROLL
CRACK
SBRAAAM
ROLL
ROLL
AHI...
TIC
AAH... IIH...
TIC
SCOMMETTO CHE NON SI È NEMMENO CHIESTA LA RAGIONE PER CUI IL SOTTOPASSAGGIO È STATO CHIUSO AL PUBBLICO, VERO?

A CAUSA DELLA PENDENZA DEL TERRENO L'ACQUA PIOVANA FINIVA PER DEPOSITARSI IN FONDO ALLE SCALE E...
...PER EVITARE QUEST'INCONVENIENTE SI DECISE DI PIAZZARE DEI TOMBINI CHE SI RIVELARONO PERICOLOSI PER LE SCARPE COL TACCO A SPILLO TANTO AMATE DA VOI DONNE.
TAP
TULLU...
MALE... DE...
DI FATTO IL SOTTOPASSAGGIO È STATO CHIUSO PER UN INCIDENTE ANALOGO AL SUO ACCADUTO GIUSTO QUALCHE GIORNO FA.
TU-TUM
EH?
HA IN BRACCIO HARUKI?!
NEL PASSEGGINO CHI C'È?!
SCRUTA

UN BAMBOLOTTO?! QUANDO È AVVENUTA LA SOSTITUZIONE?!
DEVO DARLE ATTO CHE DICEVA LA VERITÀ: LEI È UNA PESSIMA MADRE. HO SOSTITUITO UN BAMBOLOTTO A SUO FIGLIO IN TRENO E NEMMENO SE N'È ACCORTA.
ERA TALMENTE CONVINTA CHE HARUKI FOSSE NEL SUO PASSEGGINO CHE NON L'HA NEMMENO MAI DEGNATO DI UNO SGUARDO.
TUTTO È ANDATO ESATTAMENTE COME AVEVO PREVISTO. UH UH...
PERCHÉ...
...MI HAI FATTO... QUESTO?
SONO IO CHE... TI HO INGAGGIATO... EPPURE... MI TROVO... AL POSTO DI HARUKI?!
NH? CREDO CHE LEI ABBIA EQUIVOCATO.
IO NON HO MICA ACCETTATO IL SUO INCARICO.
EH?
MI PERMETTA DI RINFRESCARLE LA MEMORIA.
IO PER TELEFONO HO DETTO CHE AVEVO PROVVEDUTO A ULTIMARE I PREPARATIVI PER ADEMPIERE ALL'INCARICO. PUNTO.

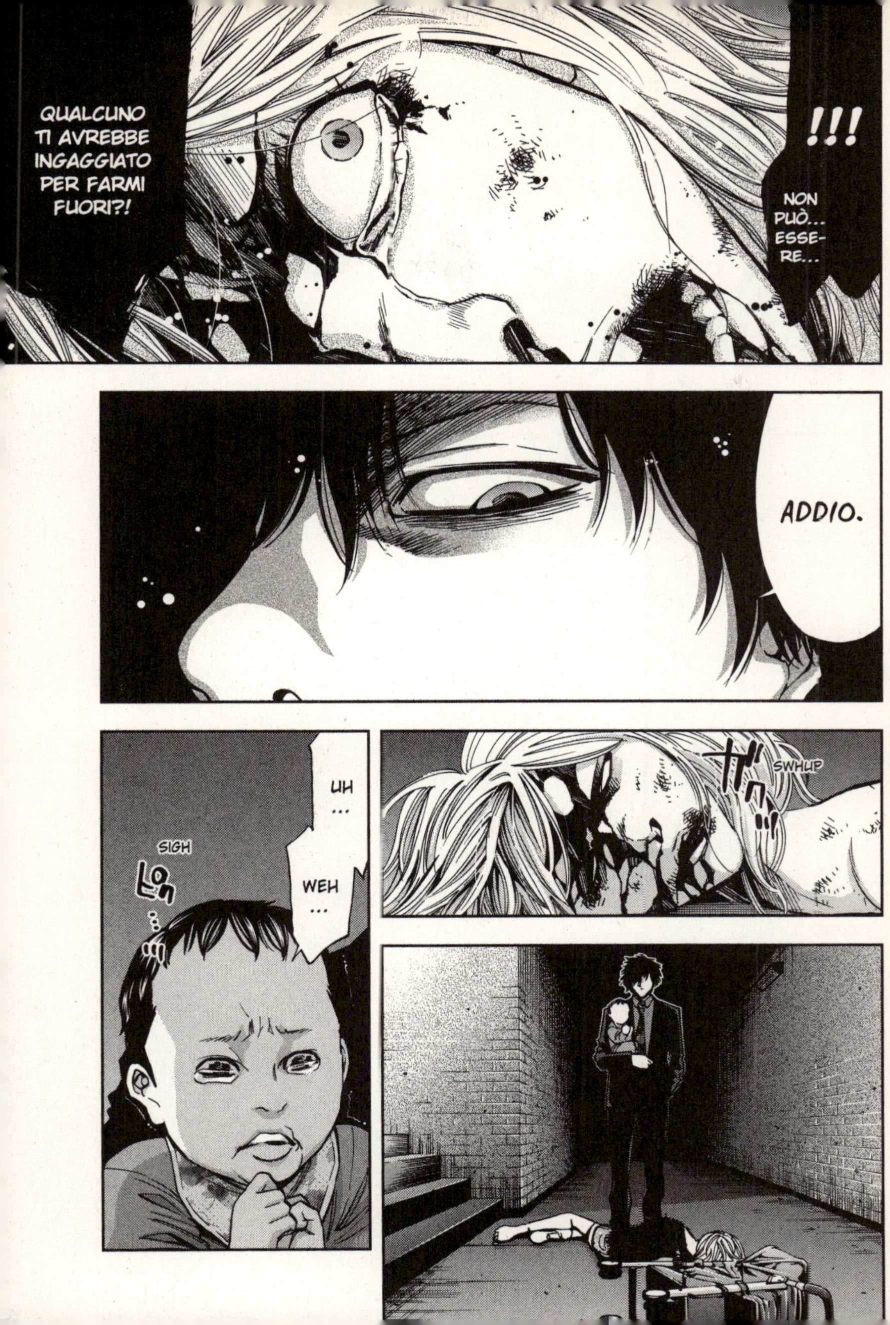
!!!
NON PUÒ... ESSE-RE...
QUALCUNO TI AVREBBE INGAGGIATO PER FARMI FUORI?!
ADDIO.
SWHUP
UH ...
WEH ...
SIGH

WAAAH
ほぎゃっ
WEEEH
おぎゃぁ
TI FARÒ ABBRAC-CIARE DALLA TUA MAMMA UN'ULTIMA VOLTA.
IL SUO CORPO È ANCORA CALDO.
ほぎゃあ
あ
あ
WEEEEEEH
WAAAAAAH
ほぎゃぁ
あ
ぁ
あ
WEEEH
おぎゃ
WAAAAAAH
あぁ
TUTTO BENE LAG-GIÙ?!
PRESTO! CHE QUAL-CUNO CHIAMI UN'AM-BULAN-ZA!
あ
ほぎゃ
あ
あ

MIA FIGLIA MIYABI ORA È IN PARADISO DOPO AVER PERSO LA VITA PER SALVARE IL PICCOLO HARUKI DA UN INCIDENTE CHE GLI SAREBBE STATO FATALE.
ERA GIOVANE E...
...E UNA MADRE MOLTO IMMATURA.
TUTTAVIA ERA LA MIA UNICA FIGLIA, LE VOLEVO BENE E...
...MALGRADO TUTTO SONO FIERA DI LEI.
SRRR
PROFESSORESSA AZUMA, HA UNA VISITA.
!
TAP

* COME DIVENTARE UNA BUONA MADRE - HIDEMI AZUMA
** COME CRESCERE UN BAMBINO FELICE E INTELLIGENTE!

FSHAAA
NON ACCETTO MAI INCARICHI CHE CONTEMPLINO L'UCCISIONE DI UN INFANTE.
TAP
TAP
SERGENTE TADA, LA RAGIONE PER CUI CONTINUO QUESTA MIA PECULIARE ATTIVITÀ...
...È L'IMMENSO AMORE CHE PROVO NEL GUARDARE GLI UMANI AUTODISTRUGGERSI A SEGUITO DI CONVINZIONI CHE LORO STESSI GENERANO.
IL MIO INTERESSE TUTTAVIA ESCLUDE I NEONATI, PROPRIO PERCHÉ LIBERI DA CONVINZIONI.
GLI UMANI AL CONTRARIO CI SGUAZZANO, RIUSCENDO ADDIRITTURA A TRASFERIRLE NEI PURI OCCHI DI UN INCONSAPEVOLE BAMBINO.
HO FATTO LA COSA MIGLIORE.
D'ALTRONDE NON AVEVO SCELTA.
SONO IO LA PERSONA PIÙ IDONEA A CRESCERE QUESTO BAMBINO.

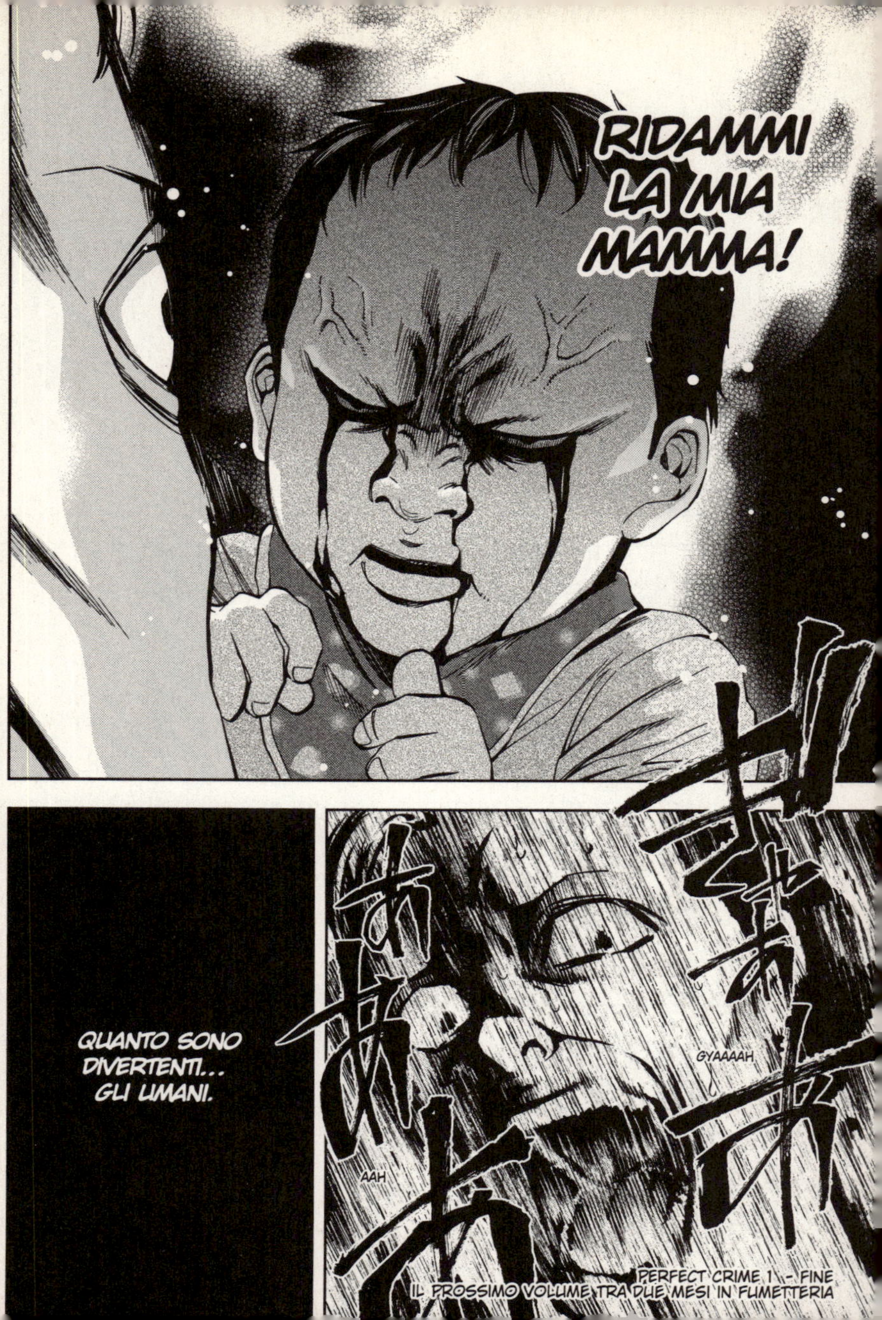

PERFECT CRIME 1 - FINE
IL PROSSIMO VOLUME TRA DUE MESI IN FUMETTERIA

STAFF

[STORY] ARATA MIYATSUKI [ART] YUYA KANZAKI

[COLLABORAZIONE ALLA REALIZZAZIONE DEI DISEGNI]

TOSHIAKI KATO RIKIYA FUJITA RIE YOSHIDA

[EDITOR]

YUJI FURUYA

[REDATTORE]

YUZURU TERAYAMA

[GRAFICA]

YUNYA KUSUNOKI

ATTENZIONE

Questo fumetto si legge come in originale:
da destra verso sinistra, partendo dall'ultima pagina.
Andate quindi in fondo all'albo per iniziare la lettura!

PERFECT CRIME

STORY
ARATA MIYATSUKI
ART
YUYA KANZAKI

Traduzione **Laura Giordano**
Lettering **Monica Rossi**
Edizione italiana a cura di **Daniela Perissinotto**

Perfect Crime 1. Una pubblicazione di Panini S.p.A. Redazione e direzione: Panini Comics, viale Emilio Po 380, 41126 Modena. www.paninicomics.it Stampato presso LEGO – 38015 Lavis – Trento. Distribuzione per il circuito librario: Pan Distribuzione, via Cesare Della Chiesa 219, 41126 Modena (telefono 059.382.111).
FUNOHAN © 2013 by Arata Miyatsuki, Yuya Kanzaki
All rights reserved.
First published in Japan in 2013 by SHUEISHA Inc., Tokyo.
Italian translation rights in Italy, San Marino, Vatican City, and Italian-speaking Switzerland arranged by SHUEISHA Inc. through VIZ Media Europe S.A.R.L., France.

Amministratore delegato **Aldo H. Sallustro** Direttore editoriale **Marco M. Lupoi** Direttore mercato Italia **Alex Bertani** Marketing **Renato Franchi, Enrico Battilani, Serena Gubbelini, Simona Bruni, Andrea Guidetti** Publishing manager Italia **Sara Mattioli** Coordinamento editoriale **Alessandra Marchioni** Redazione **Marco Bazzocchi** (caporedattore), **Sonia Minen, Enrico Ferraresi** (coordinamento promo e Web), **Paola Locatelli** (responsabile linea grafica), **Sara Martelli, Valeria Silingardi** Ufficio licensing **Elisa Panzani** Art director **Mario Corticelli** Ufficio materiali e fornitori **Alessandro Nalli** (coordinamento), **Mario Da Rin Zanco, Valentina Esposito, Luca Ficarelli, Simone Guidetti, Linda Leporati, Ivano Martin, Fabio Melatti**
Hanno collaborato **Donatella Sedda, Serena Ghidoni** Si ringrazia per la collaborazione VIZ Media Europe S.A.R.L., France.

Gli arretrati della linea editoriale PLANET MANGA possono essere acquistati su www.paninicomics.it e www.pandistribuzione.it pagando con carta di credito Visa/Mastercard o con bollettino postale. Per spese di spedizione, modalità di acquisto e disponibilità aggiornata degli albi consultare sui siti la sezione SHOP/ACQUISTA ONLINE.

PER INSERZIONI PUBBLICITARIE SUGLI ALBI PANINICOMICS
scrivere a **infopubblicita@panini.it** oppure telefonare a **MARKETING PUBLISHING** allo **059.382.111**

GUIDA AI CONTENUTI (vedi codice a barre)

VERDE	GIALLO	ROSSO
Adatto a un pubblico di tutte le età	Per i più giovani, si consiglia la supervisione di un adulto	Consigliato a un pubblico maturo

FSC
www.fsc.org
MIX
Paper from responsible sources
FSC® C115044